洞 홀

THE HOLE

片惠英（편혜영） 著
梁如幸 譯

導讀

「洞」到底被挖多深了呢？

陳慶德，韓國文化研究者，《他人即地獄》作家

「助けてください。」——片惠英，《洞》。

片惠英（편혜영）一直是我很關注的韓國當代小說家之一，她以短篇小說見長，早年她於二〇〇〇年以處女作短篇小說《抖落露珠》（이슬털기）出道，獲得《首爾新聞社》新春文藝（서울신문 신춘문예）文學獎後，近二十年來可說是惜字如金，然而一出手卻總是讓人驚豔。

如同這次由臺灣木馬文化出版社，所引進的《洞》（홀）一書，為獲得雪莉傑克森驚悚小說獎，並榮登《時代雜誌》夏日必讀驚悚書單TOP 3作品外，更是片惠英近幾年來的代表作之一。

「奧吉緩緩睜開雙眼，眼前是一陣白茫茫的耀眼光亮。」故事是這樣展開的。一位年近五十歲，名叫奧吉的教授，一日與妻子有說有笑開著車，欲前往江原道進行一場輕旅行，但怎麼知道在天雨路滑的路上，因「故」發生了一場嚴重車禍，奧吉的妻子不幸往生，而半身不遂的奧吉於醫院甦醒後，展開他的「復健」之路，同時也是一場喚醒自身「回憶」之路。

在書內，隨著片惠英安排的奧吉自身「提問法」——諸如「我怎麼躺在這裡？」「我是如何受傷的？」「我的妻子到哪兒去了？」與「丈母娘怎麼變得這麼奇怪？」等，製造出來的懸疑氛圍，不亞於驚悚電影動態的運鏡技巧，也讓讀者急著想翻閱下一頁，好一解「到底是怎麼回事」之惑[1]，而這得歸功於作者精心巧思的安排。

「很明顯，他不是瀕死狀態，因為奧吉聞到女人散發的氣味。」

想必大家在閱讀《洞》時，一定會注意到書中眾多女性角色，這也是閱讀此本書的一個視角。車禍生還的奧吉，躺在醫院病床長達八個月之久，而後終於回到家休養，然而，怎麼知道他回到家後，卻一步步「慘遭」丈母娘羞辱，他回想起一生影響他最深的眾女人，且「女人常在奧吉人生中扮演轉捩點」。就我看來，《洞》主要出現的女性共有五位——形象抑鬱又想法悲觀的「母親」；有主見想成為一位成功女性，卻總是不盡人意，最後喪生於車禍現場的「妻子」；初見優雅有禮，於奧吉發生車禍後，成為他法定監護人與「我們」的財產管理員，性格大變的「丈母娘」；一有時間就偷懶，甚至怒

1 為了讀者閱讀之趣，請原諒我在此無法對《洞》的情節多加描繪。

罵他是「殘廢」的「女看護」；以及奧吉在學校內，與之出軌的「J姓女同事」。而這些女性也在書內，左右著奧吉的命運。

但對我而言，更耐人尋味的是，書內出現的男性角色，就奧吉第一視角敘述角度來看，這些男性多為負面形象，甚至為他所厭惡。諸如奧吉的「父親」，他一生都窩在造船廠工作，視錢財如性命[2]，甚至嘲笑主修地理系，自立負擔學費念到博士學位的奧吉，長大後卻只想當位老師，「未免也太沒出息了」；而另外一位，則是奧吉的「丈人」，他貴為一間學校的校長，也在初次與奧吉見面時，「教育」起奧吉，嘮叨他處理父親病情「沒有能力，怎麼找不到優秀的醫生來救他爸」，同時詢問「孤兒」奧吉的媽媽是如何去世的？「生了什麼病？臥病在床多久？又是在哪間醫院接受治療？」等過度關心，然而，看似道貌岸然的丈人，私底下卻也跟同校女老師發生不倫戀；此外，還有書中半部出現的女看護兒子，「他穿著一件藍色垮牛仔褲，上衣是印有著『I AM YOUR FATHER』的黑色T恤」，如入無人之境出入奧吉家中，醉醺醺地偷喝洋酒，戲謔「殘廢」的他。易言之，奧吉一生、生活四周，影響他最大的男性都使他難堪。但隨著奧吉探索自身回憶時，也驚覺自己已經成為這種討人厭的男人，最終導致他走向滅亡之途。

「大家都提到了一個洞，到底那個洞有多大？有多深？丈母娘到底有多麼努力在挖那個洞呢？」

片惠英使用「洞」的書名與隱喻，著實讓人好奇。

從一開始發生車禍，插在奧吉身上坑坑洞洞的「插管」，以及他回憶起過世前母親形象是「她喉頭下方穿了一個洞，那裡有著一條呼吸用的管子，直接連接肺部」，洞的意象無所不在。到後來丈母娘得知他對她女兒所做的一切，性格為之大變，一日接著一日，在奧吉家內庭院挖起一個深洞，且留下一句耐人尋味的宣言，即「你以為活著是好事嗎？不，是很卑鄙齷齪的！死皮賴臉地待在那狹窄的洞裡，只是為了能夠生存下

2 如奧吉父親在過世前所留下的遺言，並非是溫馨地要兒子不要太難過、好好活下去等，而是市儈地留給他為數不少的借款單，且叮嚀兒子一定要去收回這些借款。

來。」

如同前方所言，奧吉在病床上，審查的不僅是自身受傷的肉體康復情況，更是回顧起自己的一生，想到「每個人的內心深處，無可避免地帶著許多空洞生活，卻不自知。」傷害了人卻不自覺，但又能如何呢？特別是在喪失活動能力，甚至連開口講上一、兩個單字，也氣喘吁吁的病人奧吉，他想要辯解，甚至挽救，已是為時太晚。

病床上的奧吉，想起人類史上最早的巴比倫世界地圖，而在地圖中央，殘留一個小黑洞，根據學者表示，這是當時人們利用圓規繪畫地圖時所留下。而在地圖上這個狹窄又黑的洞，就如同現今再也找不到的那個消失時代的記憶一般，如此的深邃，這個洞終究深不可及，永遠無法觸及……如同奧吉自身的回憶一般。

最後，《洞》的情節以洞開始，也以洞結束……

「丈母娘已經知道了許多事，也絲毫不避諱讓奧吉明白她都知道了，很可能，妻子曾經知道、相信的一切丈母娘也都明白了。但問題在於，奧吉並不清楚妻子究竟知道了些什麼。」

《洞》行文緊湊，私想這得歸功於片惠英描繪人物外在與內心轉變之功力。若舉書內丈母娘的形象，作家在描繪她出場時，從奧吉視角來看，是「丈母娘看起來比實際年紀年輕，即使有點年紀，仍然美麗端莊，毫無鄰家歐巴桑的模樣」，同時，「從前菜到甜點，丈母娘所有種類的西餐餐具都使用得相當完美。每用完一道餐點，就會用紙巾小心謹慎地擦拭嘴角，並將刀叉餐具井然有序地放在盤子右側」，然而，這位丈母娘卻在得知她女兒於車禍現場往生，以及奧吉的祕密後，片惠英如是描繪，「在失去女兒之後……因為臉部線條，黑色的老人斑變得更加凸顯，花白的頭髮增加許多，也因為沒有費心染髮，顯得灰暗。以前她總是穿著氣質端莊的黑白灰等無彩色系，現在卻穿明亮又輕便舒適的衣服。」而這也是我所欣賞的片惠英，透過「（外在）物」來描繪出「（人內心）性格」轉變的寫作手法，此手法如同電影運鏡般，無聲無縫卻帶出讓人印象深刻的結果。

當然，除了丈母娘這位角色外，書內還有許多角色的描繪，期待讀者親自翻閱，細細品嘗。

今日，恰逢木馬出版社引進《洞》一書，以饗國內讀者，慶德有幸獲邀寫作此推薦導讀文，書內值得分享的部分不僅於此，然而限於篇幅，停筆於此。在此敝人，樂於推薦此書給喜歡驚悚小說的讀者們，也期待您們有著一段愉悅的閱讀之旅。

陳慶德　敬上

二〇一九年十一月　己亥年冬

於台中大度山

奧吉緩緩睜開雙眼，眼前是一陣白茫茫的耀眼光亮。啊！真是刺眼！他闔上雙眼，再次睜開，似乎有些吃力。嗯，安心了，應該還活著吧。覺得光線刺眼、要很努力才能睜開，這些身體上的負擔感都是還活著的證據。

睜開雙眼看著天花板的石膏片與排列整齊的日光燈，燈全亮著，這裡看起來似乎是醫院。畢竟需要這麼多照明的地方，也只有醫院了。

想轉頭看看四周，卻好像沒辦法轉動脖子，只好骨碌碌轉動雙眼。

「奧吉先生。」

聽到某人的聲音了，是個女的。剛開始眼前一片模糊，逐漸清晰後，一件白色上衣映入眼簾，有個看起來像護士的女人走向奧吉。他聞到一股味道，但不是什麼香味，酸酸的，似乎剛用完餐的樣子。如果是這樣，現在是幾點了呢？

奧吉本來想說些什麼，想問問這裡是哪裡，但不用問也知道，答案已了然於心。不是醫院還會是哪裡？很明顯，他不是瀕死狀態，因為奧吉聞到女人散發的氣味。

「你醒了嗎？」

護士靠近他的臉，觀察了一下，按下床邊牆上的按鈕。

「請稍等一下，醫生馬上就來了。你知道這裡是哪裡嗎？」

護士看了一下手錶，在病歷板記錄下時間。

奧吉費力地張開乾燥緊繃的雙脣，卻只發出氣喘吁吁的聲音，發不出其他聲響。

「這裡是醫院，你躺了好久。」

護士稍微大聲地對奧吉說明，「先幫你測量血壓，等一下醫生來的話還要做檢查。」

護士為奧吉的手臂套上量血壓的臂帶，他只是呆呆地望著護士舉起的那隻手臂。手被厚厚的白色臂帶環繞著，真怪，沒有感覺到臂帶中空氣的擠壓與放鬆。就算護士把臂帶脫掉，將奧吉的手放回床上，也沒任何感覺。

護士不知道在病歷板上寫了什麼，露出一切都結束了的樣子，看著奧吉微笑。

「我太太呢？」

奧吉想問，但是什麼聲音也發不出來。他想要發聲，下巴與聲帶卻好像動也動不了。洩氣的奧吉在嘴裡將舌頭捲了一下，小心翼翼吞了一口口水。

護士說「等會兒再來」，接著就走出病房了。奧吉費盡力氣想要試著動動看下巴，卻沒有動靜。他拚命將嘴巴稍微打開，這次試著想發個「啊」的聲音。微張的雙脣中只吐出從肺部深處模糊擠出的空氣聲，什麼別的都沒有。不管怎麼努力嘗試，耳中聽到的都不是聲帶發出的聲音，而是連結奧吉身體的醫療儀器規律的機器，走廊外傳來禮貌性降低分貝的說話聲，以及似乎是護士柔軟鞋底摩擦地面、安靜卻急促的聲響。

不久後，護士與醫生一起走進病房。雖是初次見面的醫生，卻似乎與奧吉相當熟悉，給了他大大的微笑，並誇張地展開雙臂。

「奧吉先生，真是太高興見到你了，過了多久了啊？」

醫生問道。可是奧吉才更想問這句話呢。到底過多久了？到底是躺了多久才醒來的？

「知道這裡是哪裡吧？」

奧吉看著醫生。

「知道這裡是醫院吧？」

他試著想點點頭，卻徒勞無功，頭一動也不動。

「如果你的答案是『是』，就閉上眼睛再睜開吧。」

奧吉照著醫生的指示，閉上眼睛再睜開。

「太好了！做得很棒喔！」

醫生用強而有力的聲音鼓舞他，那嗓音彷彿是一面握緊雙拳一面用力說出口。奧吉驚訝地又眨了一下眼睛，他生平第一次受到如此熱烈的鼓勵與打氣。

「我太太呢？」

奧吉再次想要詢問。醫生依序將他右眼皮與左眼皮往上拉提，檢查了一下，接著好像又按了按、摸了摸他身體的各處，進行檢查。可是這些動作卻沒有傳遞給奧吉任何感覺。醫生輪流檢視了他與病床枕邊醫療儀器上的各種數據，並記在病歷板上，不知道小聲地對護士交代了什麼。

「奧吉先生，你真的很棒喔！目前為止都做得非常好，再努力一下！知道嗎？真正的戰爭才要開始呢。從現在起，最重要的就是你的意志力！此時能幫助你的不是醫學，而是意志力。為了你好，我要做的事情也非常多，我會盡全力來幫助你，但是我的力量絕對不及於你，知道嗎？最重要的不是做為醫生的我，而是你自己，必須再更加努力、更加油點喔！我們要先幫你做幾項檢查，把你移到別的檢查室進行一些例行程序。了解的話，再試著眨一下眼睛。」

奧吉這次也照著醫生的話眨了一下眼。

「非常好！那麼就等一下見囉！」

醫生做完這些過度的稱讚，就與護士一同走出病房。

醫生說奧吉能夠恢復意識是一件非常了不起的事。了不起的事，奧吉反覆咀嚼著這句話。自己能夠清醒究竟是多了不起？醫生的下一句話說，真正的戰爭才要開始，意志力才最重要，「不是醫學，而是意志力」這句話也是，他從醫生的話語中察覺到許多事，陷入了自己的思考中。

過了一會兒，護士走進病房，將奧吉身上與連結靠牆醫療儀器的幾條線拔掉，低頭查看了一下病床的狀況後，將躺在病床上的奧吉連同病床往走廊慢慢推了出去。

奧吉躺在病床上，看著天花板的日光燈一盞一盞快速從眼前閃過，心想，自己大概還得在病床上度過好一段日子了吧，不只是現在，而是未來。醫生說意志力才最重要，這句話代表，如果沒有發揮堅強的意志力，康復將會是很困難的事，也就是說，靠著自然治癒的可能性可說微乎其微，就算持續接受治療，也沒辦法保證一定可以恢復健康。從醫生和護士的反應看起來，奧吉已經昏迷了好長一段時間。相對而言，他似乎也接受了各式各樣的醫學治療，從身上貼的許多醫療儀器的連結線、氧氣罩、數個不同種類的注射液吊瓶等等，就能看出接下來的日子他要面對的挑戰絕對不會太輕鬆。

一路顛簸向前推動的病床停下來了，是在電梯口前。雖是病患專用的電梯，但除了奧吉與護士外，電梯裡還有許多看起來健康無礙的人也一起搭乘。每當有人進電梯，護士就會將奧吉的病床再往旁邊推去，站著的人都會偷瞄躺在病床上的奧吉一眼。

和其他人一起搭乘病患專用電梯後，奧吉這才感到自己真正回到現實世界——不是那個有著刺眼光線的病房，護士會親切地檢查奧吉的狀況，又或是他只要眨眨眼，就可以得到醫生的大力稱讚——而是回到這個喧譁嘈雜、得排隊等待又會遭斜眼瞟視的真實世界。是醫生口中得全力以赴、發揮強大意志力才能活下去的那個世界啊。

進行檢查的期間，奧吉不用自己直接躺進核磁共振造影設備，也不需要為了抽血自動伸出手臂，也不用把貼在身上的醫療儀器拿掉，而且什麼都感受不到，因而無所事事，他任由護理人員將他從病床移到別的地方，醫療儀器在身上貼了又拆，偶爾隨著醫生的指示眨眨眼，其餘時間大多閉著。等檢查全都做完，奧吉也在不知不覺中睡著了。

視線變得昏暗朦朧，他和妻子一同搭乘的車撞上一面又厚又高的牆，這場景不斷浮出眼前。很顯然這是奧吉的想像，因為他看見自己在撞成一團廢鐵的車裡的模樣，並感到一陣劇烈的頭痛，就像拿頭去撞一道堅硬的牆壁，或是被某人拿刀劈砍。

即使閉著雙眼，也能感到眼前那片白茫茫的光線，奧吉思考著自己究竟還能不能活下去？以現在的狀態，要活的話又該怎樣才活得下去？或者，即使是在這種狀態，他是否也想活下去？

細細咀嚼醫生所說的話，必須「發揮堅強意志力」這句話蘊含的悲觀，以及「再更加」三個字帶有的樂觀。於兩者之間，奧吉感到徬徨不知所措。儘管如此，比起「發揮更」，奧吉頓悟，「再更加」一詞其實隱藏了更大的意義。這是不是代表只要再更努力，一切都會變好？是不是只要再努力些，就可以移動自己的下巴來說話？是不是只要再更努力，就可以用自己的雙腳走到檢查室？不用再多說，奧吉僅僅仰賴著這個「再更加」的世界，激發了強烈的渴望，希望能活下去。

不知過了多久，自從接受檢查後搞不清到底過了幾天或幾小時，他仍處於似夢非夢的狀態，眼睛不適應光線，覺得十分刺眼。彷彿才剛做了眼壓檢查，瞳孔完全被光線掌握。奧吉試著用自己的意志，嘗試睜開眼皮，他慢慢睜開雙眼，因腦子有一部分還能跟上運作感到些許安心。

奧吉聽到病房的門輕輕打開，有人小心放輕腳步，悄悄走進病房，奧吉看著那個穿著淡淡灰白色衣服的人慢慢走近病床邊。他注視著，一瞬間，那人的身體變得又細又長，往病房上方飛去。這樣突如其來的情況讓奧吉嚇了一大跳，不禁緊盯著貼在天花板上的那個人。

天花板上的人漸漸朝著奧吉的病床往下，他趕緊閉上雙眼，緊緊地、用力地閉上，心想著絕對不要睜開。面對恐懼時，能做的也只有這個了。絕不可能是幻覺！明明就清楚聽到門被打開的聲音，最重要的是，朝向奧吉臉孔貼近的人有著一股熟悉的氣味。

是妻子的氣味。

2

女人常在奧吉人生中扮演轉捩點。

奧吉的媽媽就是其中之一。媽媽在他十歲時過世，他原本以為是因為生病才過世，因為她總是臥病在床，每餐都得吃醫生開的處方籤藥。

直到他聽見來醫院探視的親戚在病房走廊竊竊私語，才知道媽媽不是因為生病才變成這樣，而是因為一次吃下太大量的藥，才造成內臟不可恢復的損傷。

奧吉只去看過躺在醫院病床的媽媽一次，也記不清楚究竟是爸爸不准奧吉去醫院與媽媽會面，還是她待在醫院的期間太短？他只記得躺在病床上的媽媽身上有好多條線，連接著牆邊的醫療儀器，一副若要維持生命，一定得動用非常大量的醫療援助。

媽媽輕晃手指，像是要他靠近一點，但他並不想握媽媽的手。她喉頭下方穿了一個洞，那裡有著一條呼吸用的管子，直接連接肺部。奧吉第一次看到這樣的景象，不但沒有握住媽媽的手，還被嚇壞了，嚎啕大哭，全身像被凍住一般無法動彈。雖然才十歲，對於結束自己的生命這種事可能還沒辦法清楚了解，卻也大概知道那是什麼情形。媽媽變成這般可怕恐怖的模樣，很可憐，卻也令人害怕。

受到媽媽過世的影響，奧吉的童年時光就此結束。漠不關心又神經大條的爸爸對奧吉的變化不知是真不知道，還是假裝不曉得。對於任何事物，奧吉都不再像個孩子那樣耍賴，看到不喜歡的食物也不再挑食，再也不吵著買要帶去朋友生日派對的禮物。有想買的東西，也不會在超市裡哭鬧，或是踢著雙腳吵。他不再看漫畫看個不停或堅持熬夜玩電動了。有時爸爸試圖跟奧吉講話，他卻不斷從爸爸身上看到媽媽的影子：那個喉頭下方有著一個洞、連結一條呼吸管的模樣，便不由得緊閉雙唇。

學校裡也開始發生一些奧吉無法處理的事。自從媽媽自殺的消息傳開，孩子們開始嚴重地排擠他。媽媽的過世究竟為什麼會成為被霸凌的理由？當時的奧吉完全無法理解。隨著時間流逝，自己也慢慢長大，奧吉想，可能是孩子感到害怕才會這樣的吧。

一開始，其他孩子只是不著痕跡地躲避奧吉，他也因此變得沉默寡言，不再加入團體，跟著大家嘻鬧，這也助長了那些欺負人的孩子的行為。

某天，奧吉被一群孩子圍起來毆打，為了保護自己，他用盡全力、大口咬了其中一個孩子的腿。這一咬讓他的牙齒幾乎斷掉，那個孩子的腿也被咬掉了一塊肉。最後，奧吉的牙齒安然無事留了下來，但那個孩子的腿卻永遠留下一個深深的疤痕。

那天開始，不再有孩子欺負或是嘲笑奧吉，大家都竊竊私語說，奧吉跟他媽媽一樣「瘋了」。碰到這樣的孩子，奧吉反而會故意走向他們，咧嘴一笑，再以最快的速度變個臉色，拿出凶狠的表情瞪著他們，故意證明自己真的瘋了。

如果說，帶奧吉離開童年的人是媽媽，那麼讓奧吉走入成人世界的，可以說是他的妻子。

大學畢業之際，奧吉準備就業。那是在金融危機之前，還有許多企業徵人廣告的時候。奧吉希望能夠趕快跟妻子結婚，但妻子說還太早，她想再多讀一些書，希望奧吉也可以再進修。即使他只能靠著打工來賺取學費與生活費，辛苦糊口，依舊聽從妻子的建議，就這樣毫無計畫地進入研究所。對於平凡又沒什麼前景的職場生活，奧吉也正好需要推遲的藉口，雖已把履歷書寄出去，他卻一點也不眷戀。反正，如果生活真的撐不下去，再重新找工作就好了。

妻子想要成為記者，就像世界第一女記者奧里亞娜．法拉奇。成為記者後，她說要以全新且獨特的方式訪問許多知名人物，甚至將法拉奇的照片放在皮夾中隨身攜帶。但照片中的法拉奇並不是以戰地記者的身分處於戰火之地，也不是訪問鄧小平或甘迺迪的照片，而是穿著香奈兒套裝，戴著一條珍珠項鍊，以這身不舒適的穿著坐在打字機前，實在是張相當空虛的照片。那似乎是為《Vogue》或《Elle》雜誌拍的。簡而言之，就是一張時尚又漂亮的相片。奧吉一點也不懂那到底哪裡顯示出妻子口中的「記者精神」。但可以確定的是，這張照片清楚顯示出妻子想要呈現出怎樣的形象。

當時奧吉甚至覺得妻子這般膚淺虛榮的樣子也很可愛。妻子非常清楚自己想要什麼，而且對此相當有自信，只是大部分都沒有成功。不過她也不會因此受到過重的打擊，很快就能放下，再以很快的速度換另一個偶像來崇拜，再度對新偶像讚嘆不已。後來，妻子似乎漸漸掌握了區分「憧憬」與「渴望」的方法，不管任何時候，她都能馬上改變自己的態度、興趣、意志，也能清楚區分哪些是不要的，哪些是要珍藏的。從其他人的角度來看，會覺得她善變又沒主見，但對奧吉來說，這樣的妻子卻相當有魅力。

奧吉有些害怕這樣的人：一輩子只對一件事堅持不懈、努力追求，除此之外的事物都進不了這個人的眼裡，而最後，那人成功達成目標，相當自豪自己能始終如一，堅持走同一條道路。這種人的意志超群，往往輕易嘲笑其他意志薄弱的人，批評只想靠運氣的態度，不相信一連串微小巧合。他們太過固執、也太自命清高，根本沒有意識到自己的自信對他人形成一種暴力，老愛用教導別人的口氣跟其他人說話，從不隱藏優越感，對於那些不認同這般自滿行為的人，就嘲笑他們不過是酸葡萄心理。偶爾像是施予恩惠般表現出寬宏大量的態度，但並不是出自於人類固有的情感，而是來自對自己的生活游刃有餘的表現。奧吉非常了解這種人，因為他的爸爸就是這樣。

由於一輩子都在造船廠工作，白手起家，爸爸對於主修地理學並說要念研究所的奧吉相當不以為然，嗤之以鼻地訓斥他，問說一個堂堂男子漢是不是只想當個微不足道的老師。奧吉本來很想反駁，就算沒有守財奴老爸的金錢援助，他也能完成研究所課程，不過奧吉努力忍住，什麼都沒說出口。不管做什麼，爸爸只會覺得那是奧吉想從他口袋挖錢的藉口，而且也害怕奧吉真的從他身上把錢挖走。

一般男人都會從女性身上尋找理想中母親的模樣，但奧吉一點也不想。對他來說，媽媽留下的印象抑鬱又想法悲觀，只有在爸爸面前氣勢一點也不輸人。她對爸爸的態度向來諷刺又尖銳。狀態好的時候大多都是這樣，對爸爸挖苦諷刺，總是等到對方真的快要生氣發火，才說只不過是開玩笑的，有什麼好氣？要這樣拚個你死我活？或貶低爸爸，讓他看起來更像個無用之人；或在火冒三丈、氣得說不出話來的爸爸面前哈哈大笑。

要說妻子看起來與媽媽相似，倒也不是這樣，但說完全相反，又不對。從某個角度看起來，妻子同時擁有爸爸與媽媽兩人的個性，顯露不安的卻又自信滿滿；自命清高卻又游刃有餘。這些特點對奧吉來說真的很神奇，兩者絕不可能同時存在。回想起爸媽時，他腦海中出現的畫面總是兩人坐在各自的空間，一副悲傷沮喪的模樣。媽媽與爸爸在自己的人生中是各自存在的兩個不同人物，在妻子身上兩個形象卻如此自然地共存。

自己雖然是因為妻子才念研究所，妻子自己卻中途放棄，沒有取得碩士學位，轉而靠著想要累積社會經驗的意志，應徵上一家剛成立不久的線上新聞社。可是，她才上班六個月就辭掉，之後便開始積極準備一般新聞媒體的工作，投了許多求職履歷，卻次次失敗。無計可施之下，她應徵上一家不甚滿意的雜誌社，一個月至少要寫上十二篇稿子，大概工作了一年左右，又辭職了。重新開始找工作，或是把賺來的錢拿去旅行。休息一陣子後，她找到比以前規模還要小的雜誌社，做著差不多內容及分量的寫稿。這樣的生活不斷重複。而在這段期間，奧吉碩士畢業，也完成了博士班的課程。

結婚的三年前，爸爸過世了。爸爸第一次感到身體不舒服是過世前六個月。那天晚餐，爸爸與客戶見面，他們是原本在爸爸退休前公司裡的屬下。爸爸退休後開了一家生產零件的公司，負責提供之前的公司零件。不久前，過去屬下建議他擴展生產線，但受到國際經濟危機的一連串不景氣影響，爸爸也無可避免受到了波及。

爸爸和以前的屬下一起吃了壽司，他們都對交貨的前景相當不看好。半夜，爸爸覺得腹痛如絞，如果把身體躺直，就會痛到腸子像被鐵絲穿過，並用力收緊。那時還以為是因為晚餐吃的壽司之故。平白花了很多錢招待客戶吃飯，只帶回一張貴得要命的收據，以及腹痛如絞的疾病。

等到早上，來家裡幫忙打掃的歐巴桑發現昏倒在地的爸爸，趕緊叫了救護車。到了醫院，醫生說是尿道結石，必須馬上開刀，趕緊安排了緊急手術，開了刀才發現腹痛的原因並不是尿道結石。

奧吉一結束在平澤大學的課，就趕緊飛奔前往位於蔚山的醫院。雖是深夜時分，但爸爸非常堅持一定要立刻轉到首爾的醫院。之後來回幾個醫院，都說不是尿道結石，可能是大腸激躁症或便祕所引起的一般症狀。

不久之後，爸爸又感到疼痛，這次則立刻前往首爾的大學醫院就診，醫生診斷為腸阻塞，馬上就進手術室開刀。奧吉那時在母校，正在上課，收到通知爸爸患病的簡訊，還以為是因宿便太多，造成大腸壁破裂，在課堂上偷偷傻笑了好幾次。

但是，從爸爸的大腸裡取出來的不是變得僵硬的糞便，而是高爾夫球大小的腫瘤。取出腫瘤後，爸爸也比較安心了，還能開點玩笑。他哈哈大笑地說，到了這把年紀，要不是得癌症，就是得老人痴呆。既然得了癌症，那就不用擔心會得老人痴呆了。

奧吉跟醫生會談時聽了相當複雜的說明。醫生說，雖然腫瘤已經摘除，但根據腫瘤擴散的位置，有可能再度復發。如果復發，癌細胞就會滲透到肌肉裡，甚至到脂肪組織中。醫生告訴還不太清楚狀況的奧吉，簡單來說，就是病情並不樂觀，他來到即使是醫生也束手無策的階段。果然不久之後，先前說的情況就發生了。

一輩子只摸著鐵過活的爸爸，而今躺在杉木做的棺材中，不久之後，奧吉就收到了幾張文件，那並不是遺書，而是爸爸的交代。他必須拿著這幾張文件，把該收的錢收一收，該還的也要還清。結算下來，還剩下一些債務，沒想到做生意賺了一些，卻也灑了更大把金錢出去。留下的債務金額還不至於會埋怨已過世父親的程度，奧吉甚至想過，這是不是精於計算的爸爸早就算好了呢？因為這與爸爸曾經威嚇奧吉、要他拿出受養育至今花費的金額差不多。

結婚第二年，妻子進入一家規模頗大的出版社上班，但出版社代表總肆無忌憚講些性騷擾言論，對此她相當憤怒，私下開始在公司裡收集對方性騷擾員工的案例，將這些失禮行為的文件上傳到公司內部網路，結果才八個月就遭到公司辭退。那時，奧吉剛結束與新指導教授的面談，修正博士論文的主題，並且減少講課數量。

當時奧吉與妻子多少感到捉襟見肘，更別提保險費或儲蓄，未來顯得遙遠而縹緲，當下感覺如此乏味單調，每天重複著差不多的事，然而卻覺得平靜安穩。奧吉和妻子會輪流看一本書，等到兩人都看完，互相分享、討論自己的心得。妻子與一家主流出版社簽訂了紀實文學的合約，往返於家與位於汝怡島的圖書館之間，專注於寫作。到了晚餐時間，再替講課結束回到家的奧吉準備新挑戰的料理，當作晚餐，不管妻子做出來的菜好不好吃，他總是將晚餐一掃而空，一起洗完碗筷，再拖著吃飽又發睏、疲倦的身子，在不起眼的小社區一起慢慢散步，回家後倒頭睡著。

結果妻子什麼書也沒辦法出版，因為書稿從來沒有完成。奧吉幫妻子看過六次文章初稿，每次開頭都不一樣。他覺得最好看的是第三次的文稿。當奧吉指出，對於紀實文學來說她的用語看起來太像虛構故事，妻子對於他的說法又太認真、慎重地看待，馬上辯駁說本來的寫作意圖就是這樣。不過她也沒有堅持太久。彷彿在回應奧吉的建議，她又修改了文章。第四次的文稿寫作方式非常忠於事實，奧吉說，好像在讀新聞報導一樣，有些乏味無趣。於是，妻子的第五次文稿結合第三次和第四次的寫作風格，但如此一來，讀起來又跟一些似曾相似又有些刻意的劇情小說相當類似。到第六次，她完全改變寫作風格，換成訪問形式。最後奧吉終於忍不住數落了妻子一頓，念她為什麼做事這麼沒有效率。

之後妻子就再也不給奧吉看原稿了，就這麼過了與出版社約定交稿的日子，妻子放棄繼續撰寫。雖然出版社建議可以修改合約，改成別本書，妻子卻匯了合約訂金再加一些違約金來解約。此時正值奧吉完成博士論文，以不算晚的年紀在母校取得職位。

不久他們就搬家了。兩人選擇了位於連排住宅的透天厝，雖然價格相較於市價低，但是對於才剛找到工作的奧吉來說，負擔卻相當重。在這一排透天厝中，只有這棟擁有較寬廣的院子。不過，似乎是因為這個院子被閒置不理，呈現一片荒廢，因此影響了房價。

院子裡開墾了一片寬廣的花圃，如果好好翻土栽種，應該會有不錯的景色，但是這片花圃卻被一堆枯黃、乾枯的落葉覆蓋。屋主說，自從自己的太太罹患老人痴呆，就無心再照顧庭院，變得一片雜亂無章、毫無生氣，花圃裡的蔬菜也來不及收成。可能是因為那個死氣沉沉的庭院，不僅房子顯得冷清陰森，當穿著窮酸的屋主和患有痴呆症的老婦人用木然呆滯的眼神回望奧吉及妻子，看起來好像也和那房子一模一樣。

雖然奧吉並不想買這間房子，但妻子覺得比市價便宜，不想放棄。因為，假使屋主把老婦人送到療養院，這房子的大小對一個老人實在大到無法負擔，屋主無論如何一定會想辦法把房子賣掉。妻子說服了奧吉，但事實上他並非馬上被妻子說服。奧吉私底下找了不動產仲介看了其他地方，雖有感到滿意的房子，金額卻完全不是自己負擔得起的，也因為這樣，才對妻子堅持的那棟房子稍微心動。即便是這次，奧吉也依然仰賴著太太心中的確信。

到了搬家那天，奧吉與妻子將房子裡裡外外的燈全打開。家裡要點亮的燈很多，每個房間裡的燈也打開了，玄關的感應燈維持自動狀態，庭院裡用以照明的燈大大小小共有十四個盞，也全打開，打算徹夜照得光亮。奧吉與妻子想用這樣的方式，真誠地慶祝他們的未來。

那晚家中的光亮之明燦，就如奧吉現在所躺的病房。因燈光的緣故，他輾轉難眠，但也心想病房裡的燈總該不會整晚不關吧。果然，半夜奧吉從睡夢中醒來時，燈已經全熄了。

到底那光亮是何時消失的呢？

3

人生究竟是怎樣在一瞬間徹底改變的？它是會完全崩毀、消失，變得一無所有嗎？他以前就曾想過這樣的人生，這件事卻真的發生了。是不是奧吉在無形中助長了它的發生呢？

他費盡力氣才睜開眼，清醒後總是不斷問著自己這個問題，也常被其他人詢問。他們總是要問「到底發生了什麼事？」朋友、保險公司職員、希望趕快結案的警察，以及來探病的人。雖然丈母娘目前為止什麼都沒有講，但若她開口，也許會是最艱辛困難的問答。

清醒後沒幾天，有個男人來探視奧吉。他是保險公司的調查員。他在奧吉昏迷時來過醫院好多次。這次，奧吉的狀態一有改善，他又再度來到醫院。

保險調查員很清楚奧吉無法正確表達與溝通，因為他的下巴關節與神經受到損傷，導致沒辦法講話，即使努力將嘴巴張開，乾燥的雙唇也只能吐出細微的呻吟聲，所以只能用眨眼來表達是與不是。

「車禍發生時原本的目的地是哪裡？」這類問題奧吉是無法回答的，必須改變問法，換成「是要去江原道嗎？」這樣他才有辦法回答。

妻子與奧吉本來是要來個短期輕旅行。妻子已經窩在家裡好長一段時間，奧吉卻一天都沒辦法在家好好休息，兩人都相當疲憊。不同於戀愛時期的短暫旅行，他們只是想要享受一下悠閒，不需要勤勞地事前準備食物，也不需要花時間找乾淨的住宿，旅行的日子和地點都由妻子決定，預約也是妻子一手包辦。奧吉實在太忙碌，還差點沒辦法去。所以那天一直忙到過晚餐時間才起身出發。

「那天天氣如何呢？」這問題奧吉也沒辦法回答，於是改問「下雨了嗎？」他的眼睛眨了一下，代表「是的」。

「是奧吉先生開車嗎？」

這次也是眼睛眨一下，但他對於還要不要再眨一次感到猶豫，不過他沒有再眨眼。調查員似乎在筆記本上記下奧吉回答「是」。但是這個回答既不是謊話，也不是事實，因為從首爾出發時是妻子開車，到了休息站休息一會兒後再度出發，則換成奧吉來駕駛。

雖然奧吉默不吭聲，但覺得如果能夠說清楚就好了。因為這對奧吉來說是非常重要的事，他總是為此感到自責與後悔，如果一直都是妻子開車……如果自己不是非要坐上駕駛座，至少現在躺在床上回答問題的人、因脊椎麻痺而癱瘓躺在醫院的人，就不會是奧吉，而是妻子。雖然不知道哪種情況會比較好，總之，最後存活下來的人是奧吉，而他能夠生存下來的決定性因素，一定是因為發生事故時，將方向盤往自己方向打……一定是這樣沒錯。就像大部分的駕駛一樣，這是無意識中先保護自己的動作。

「聽說是突然加速，請問你知道發生車禍時的車速是多少嗎？」

調查員問，奧吉看著調查員，也許他轉動了下眼睛吧。這不是奧吉能夠回答的問題形式，如果想要知道答案，必須改變問問題的方式。不過調查員放棄這個問題了。

「你看到前方的車輛了嗎？」

奧吉眨了一下眼睛，表示自己看到了——雖然看到，但已經太遲。如果能說話，他很想這樣回答。看到的當下已經無法停車。雨來得比天氣預報更早，而且雨勢比預期更大。路面變得相當溼滑，煞車距離太短，即使奧吉用盡全力踩了煞車，整輛車子仍舊打滑出去。既是常聽到的說法，也是常發生的事，也的確是奧吉的經歷。

調查員的問題奧吉也不一定要回答，這只是在談支付保險金，而調查員需要奧吉同意，只是這樣罷了。在下雨的深夜行駛在高速公路上，發生車禍的比例本來就比較高，追撞後撞上道路設施，車子翻覆，死亡率可想而知也會變得更高。毫無疑慮，奧吉和妻子就只是一般的交通事故下的傷亡者而已。

調查員將一家飯店的名字拿給奧吉看，詢問他當晚要投宿的地方是不是這家飯店？奧吉努力讓自己不要眨眼。因為眨一次代表「是」，眨兩次代表「不是」，之前回答的方式只有這兩種，可是他的答案是「不知道」，這該怎麼表現呢？因為不知道要怎麼表示的奧吉只能轉轉眼珠子。

「不是嗎？」

調查員再問一次，奧吉仍舊沒有閉上眼睛。

「是不記得的意思嗎？」

奧吉慢慢地眨了一下眼睛，當然知道那家飯店啊，大概是三年前吧，他曾去那裡參加學術研討會。在那之後，奧吉還兩度重訪此處。但他沒想到妻子找的住宿地方會是這家飯店，可以說完全在他意料之外。妻子沒告訴奧吉住宿的地方，不知道是不是他自己也沒問過，只是他也記不清楚了。

如果能夠開口說話，是否能夠表達得清楚點？有些場景他記得相當清晰，但是不太記得的時刻更多。醫生已經下了診斷，說明奧吉的記憶是不完整的狀態，因為腦部受到嚴重的衝擊時，會造成暫時性的記憶喪失，或是錯亂而混淆，這都是很常見的事。

車子撞上道路防護欄、滾落漆黑坡下的那瞬間，腦海中的記憶極為鮮明深刻。那瞬間感受到的恐懼與速度，是他生平第一次的經歷，想忘也非常困難，倘若未來再有什麼危機出現，這個場景都會自動重現在眼前。雖然奧吉非常害怕，自己卻什麼事也做不了，也沒有任何人可以幫得上，所以沒有放聲大叫。沉重又黏膩的空氣包圍奧吉，他還以為這是恐懼的感受，但其實不是。是安全氣囊擋住了奧吉的視線，往他身上用力推壓。這陌生的壓迫感讓奧吉陷入深深恐懼，希望自己乾脆就這樣結束一生，一了百了。

回過神時，他還以為身體會往上飄，就如常見的瀕死瞬間，可以在半空中看見下方被安全氣囊擠壓的自己，但奧吉什麼也沒看到，眼前一片漆黑，似乎還有燒焦味，甚至聽見一絲絲微弱的呻吟聲。那是他自己發出的聲音。

妻子究竟在哪裡？奧吉試圖伸手摸索，卻彷彿被困在狹窄黑暗的箱裡，動彈不得——或說想動也動不了。因為這不舒服的密閉感，以及和妻子分離產生的不安，使他相當絕望。也許身體飄浮在半空中往下看著這一切的人是妻子也說不定。因被悲傷與恐懼吞噬，奧吉再度失去了意識。

與那天相關的事情一定會漸漸想起來，只要陸續找回一些零碎混亂的記憶，一定可以拼湊出那天發生的一切。隨著時間流逝，會自然而然想起來的。只是因為暫時性的衝擊影響，總有一天，一定會把所有事情想起來。

當記憶變得越來越鮮明，事發經過也越來越清晰，奧吉變得更加悲傷，痛苦萬分，希望自己最好什麼都想不起來。因為當記憶逐漸清晰，想起的事情越來越多，就越感受到失去妻子的痛苦，也必須強迫自己接受再也無法看到妻子的傷痛。

雖然和保險公司職員外加其他幾個人有過幾次毫無收穫的問答，但在這段期間，丈母娘卻沒有問過奧吉任何問題，只是安靜地站在提問者身旁。當奧吉顯露出疲憊的神色，她就會請提問者別再問了，以後再說吧。等訪客離開，病房裡只剩下兩人，她便握著奧吉毫無知覺的手無聲流淚。有時會哭很久，但都沒有發出哭聲，只是不停流淚。如果醫生或護士進來，她就會默默將頭撇向一邊，偷偷拭去眼角的淚水。

這樣默默看著悲傷欲絕的丈母娘，奧吉也想一起哭泣。如果能夠移動下巴發出聲音，他一定會一起放聲大哭，無法將自己的悲傷傳達給丈母娘，奧吉感到遺憾，對於妻子過世自己卻獨活，他很想好好道歉，沒辦法和她一起討論妻子的事，他也對此相當歉疚，內心痛苦，感到猶如沸騰般的灼熱，像是快要吐了一般，喉嚨整個堵塞住。這種感覺讓奧吉覺得自己正在哭泣，以為自己淚流滿面，但其實沒有，那是口水。奧吉的下巴稍微移動了一點，微微張開乾燥的雙脣。口水像是取代悲傷似的從那兒流出來，不斷流出，因為打開的嘴巴無法靠自己的力量闔上，所以只能這樣。

丈母娘一邊流淚，一邊撫摸著奧吉毫無知覺的手。他沒辦法辨識丈母娘的手究竟是乾燥的，還是因為擦過眼淚而溼潤。有時，丈母娘握著自己的手時，會有一股猶如電流傳來的感覺。每當產生這種感受，他就會朝著丈母娘的方向看去，但丈母娘陷入自己的情緒中，悲傷得沒有注意到。他無法得知這是不是手恢復感覺的信號，抑或那是因為連接身體與醫療儀器的許多電線引起的摩擦而產生？

4

對過去的奧吉來說，「殘障」應該是很久以前，用以稱呼戰爭時從戰場返鄉、失去手臂或腿的退役軍人的詞彙。要不然就是在出生時，因為染色體異常或家族遺傳基因缺陷造成的悲劇。奧吉當然沒有這些情況，這對他來說完全是另一個世界。

躺在病床被推往治療室或者檢驗室的路上，路人一開始盯著奧吉看，之後就得努力克制自己不要再注視他。大人還可以靠意志逼自己不要直盯著奧吉，先是不著痕跡地打量，再裝出一副不在意。孩子卻是相反。他們會直勾勾地盯著奧吉，還要牽著手的媽媽一起來看，或是皺起小臉，露出害怕神情，甚至會有孩子直接喊說好可怕，或是邊跟著奧吉走邊問媽媽「這叔叔為什麼受傷？」也有的孩子會問，「這叔叔的臉為什麼會變成這樣？」

比起天真無邪的話語，更令人厭惡的是同情。大人對孩子的發問回答「不可以這樣講話」，就拉著孩子的手走了。又或者他會聽到「叔叔受傷了，很可憐」這樣的小聲回答，在在讓奧吉感到憤怒。

有些人似乎很害怕奧吉。情侶會突然抓住彼此的手，正在聊天的人也會突然停止對話，直到奧吉的病床經過身旁。彷彿覺得只要避開，就可以保護自己遠離意外或災害，安安全全。雖然也可能是其他理由，像是奧吉的臉變得凶狠又難看吧。

即使住院幾個月，奧吉還是沒辦法接受自己的狀態，或接受失去身體的掌控權。不知道該怎麼面對過去和現在的自己間的巨大差異，只知道未來一切都變得不一樣。未來的道路上還會有多少變化，這些變化究竟會如何改變奧吉的人生？他完全無法預料。

他勢必要熟悉一個與以前完全不同的生活方式。不再像從前那樣，用餐時坐在餐廳，細細咀嚼加入少許調味的有機食材做成的飲食，享受的不光是食物的營養，還有食材的美味、餐廳的氣氛與食物所帶來的品味與風格。現在的他只能透過一條塑膠管，攝取固定份量的流質食物，不需要用牙齒咬，也不需要移動下巴，或捲起舌頭品嘗。也因為插入塑膠導管帶來的不適，根本無暇顧及流質食物的滑順口感，以及完全沒有調味的食物滋味。他之前一直固定服用益生菌，有助腸胃蠕動，所以從來沒有排便上的困擾。但現在連益生菌也沒有用了，因為大腸跟肛門失去了調節的功能。對於必須經常讓看護見到令人不悅的場景，奧吉內心感到相當悲哀。

為了慶祝成為正式教授而和妻子一起前往義大利旅行時買的兩套西裝，何時可以再次穿上？現在他只能穿著上面印著醫院名字、易穿脫的病患服，能在其中挑到一件消毒味道不那麼重的，已是萬幸。奧吉整天躺在病床上，姿勢端正，看護在奧吉的腿和腳踝下方墊了枕頭，讓腳跟盡量不與床面接觸。為了避免長褥瘡，她每天會幫奧吉翻身兩次，讓他的身體彎曲、側躺，早上下午各一次，左右也各一次。每次幫他翻身時，看護都會發出吃力的聲音。

恢復意識後過了好長一段時間奧吉才看到自己的臉。用鏡子不疾不徐、仔細看著自己的臉，不知道是多久以前的事了。雖然偶爾會在玻璃看到自己的模樣映在上面，躺在病床被推往檢驗室的路上，偶爾也會見到電梯的牆壁或天花板的反射。有時，看護手腕上大大的手錶錶面也會映出自己的臉。

四十七年來，對一些事情他從沒有懷疑過，其中之一也包括自己的臉。奧吉的臉在骨架及臉型定了之後，只有變胖或變瘦的細微變化。兒時臉部的彈性與紅通通的血色已不復見。隨著歲月流逝，重力拉出雙下巴，或是常冒出一些青春痘或小疹子，也因為日光照射而讓膚色漸漸晒黑。或多或少，奧吉的臉有著些許變化。但無論是什麼時候，那張所謂「自己的臉」卻一直都沒有太大改變。大體來說，奧吉有著一個雖然不太高挺，卻還稱得上端正的鼻梁，稍稍圓潤的顴骨、每次去理髮廳都要請理髮師幫忙修一下的濃密眉毛，以及單眼皮且細長的雙眼。如今這些特徵都不見了。只看到為了補強嚴重受損的顏面肌肉，一層又一層移植上去的厚厚皮膚，和為了強化肌肉，附在下巴的人工下顎。

鏡子中的奧吉完全是個陌生人，唯一能確認鏡中人是自己的方法，只有病床下方的名牌手錶。比起發現自己身體殘缺，奧吉更因臉部的變化受到衝擊。恢復意識當時內心的疑問——「能活下來究竟是有多了不起？」使奧吉又再度陷入沉思。

那瞬間，他突然很想放棄一切，就連醫生持續的心理治療，讓他生活中至少能產生一些希望，也一點幫助都沒有。如果到最後意識都沒有恢復，至少還可以選擇有尊嚴地死去，不過看來那個機會已經溜走，奧吉也對此感到憤怒。因為恢復意識的那晚，從天花板注視自己的人正是妻子的形體，就是因為這樣，自己才從沉睡中完全清醒過來。

只要一到晚上，奧吉就會祈禱後再睡覺。他祈求上蒼讓世界末日降臨，或是產生突發性的藥物休克，要不然就是突然症狀惡化、導致呼吸停止。不過奧吉也非常清楚，不管怎麼祈求老天，第二天依舊什麼也不會發生，太陽仍會從東邊升起，他也依舊會從睡夢中清醒。這個世界缺少了奧吉，仍舊正常運轉，他依舊會呼出整晚悶在嘴裡的難聞氣味，在病床上展開屬於他的一天。

丈母娘一天會來醫院看奧吉一次，用擔憂的神情看著他，小聲地詢問看護他的狀態，也會對著看起來很不好的奧吉說「你還好嗎？」大概也是沒別的話好說了。憂心忡忡看完奧吉後，她就會動手做一些不做也沒關係的事，像幫奧吉蓋被，或把床邊東西清一清、整理一番，再跟看護小聲交代幾句話就回家。

但那天與往常不同，丈母娘沒有這麼快就走，即使跟看護講完話，也整理完床鋪，卻沒有回家，她就坐在輔助椅上發著呆。奧吉看著丈母娘。她並不是一個親切的人，總是有著距離，又有些冷淡，因此和她相處總讓奧吉覺得不易。不過她相當彬彬有禮、品行端正，看著那樣的丈母娘，奧吉忍不住想看看妻子到了丈母娘的年紀會變得怎麼樣。

想像著上了年紀的妻子時，他腦海中往往會出現丈母娘的臉。

趁著看護暫時離開之際，丈母娘走近奧吉床邊，看起來有些難為情，猶豫不決了好一段時間，才伸手從手提包裡拿出一個小小的絲絨袋。她緊緊抓著這個小絲絨袋，一動也不動。一聽到病房外突然傳來喧譁聲，不禁嚇一大跳，趕緊把絲絨袋快速塞回手提包，等到四周又恢復安靜，才再度把絲絨袋拿出來。

「你知道這個是什麼嗎？」

一枚戒指。鑲有一顆直徑約五釐米鑽石的戒指。

奧吉沒有眨眼，雖然知道這是一枚戒指，但丈母娘應該不是在問這個。

「是我女兒曾配戴的戒指。」

妻子的戒指。但是奧吉一點印象也沒有。

「是警察給我的。」

丈母娘緊緊抓著妻子的戒指，並用雙手摀著臉，似乎在哭。奧吉只是靜靜待著，沒有任何動作。丈母娘總是這樣，無時無刻思念女兒，只要想到就會說一下女兒的事，有時也會一邊摸著會令她想起女兒的物品，一邊談論女兒。

看護打開病房門時看到丈母娘在哭，因此又悄悄將門關起來。目前為止，丈母娘已經這樣哭過好多次，而就算痛哭也不會緩解悲傷，她就是非常容易淚流滿面。可是這次似乎不一樣。

「我是想說：我可以保留這戒指嗎？」

丈母娘哽咽地說。

「那孩子就只剩這個了。」

奧吉趕緊眨了一下眼。如果能夠開口說話，他一定會表現得更爽快：當然可以，千萬別這樣說，丈母娘當然有資格保留這枚戒指。如果可以說話，奧吉一定會這樣說，讓說要保留這枚昂貴戒指的丈母娘不會為此難為情，而且還要重複強調她本來就有權力保有這枚戒指。

「抱歉，這本來不該是我拿的。」

當然沒關係，這本來就是丈母娘可以拿的東西啊。

奧吉很想這樣對丈母娘說，但沒辦法，只好再眨了一下眼睛。

「我拿走沒關係吧？」

丈母娘又再難為情地追問，像是一定要得到奧吉一聲「是」的准許，目光沒有離開過他身上。

是的，當然可以，這戒指本來就是丈母娘的。

奧吉眨了一下眼，努力牽動殘破不堪的下巴肌肉，試圖微笑。

「真是謝謝了，這戒指是遺物，雖然知道不可以，但我還硬拿走了。嗯，當然是不行的啊，這是多麼珍貴啊，但是……這戒指是……真是無法相信那孩子竟然遭遇了這種事。」

丈母娘握緊奧吉的手哭泣著，他也想要回握，希望精明幹練又明事理的丈母娘不要為此難為情，希望她能夠了解，能保有妻子遺物的人只有丈母娘而已。

一直默默哭泣的她突然觸電般跳了起來，眼睛睜得又圓又大，直瞪著奧吉看。奧吉很快就知道丈母娘為什麼會有這種反應了。丈母娘急忙叫來護士，護士看了奧吉的狀況之後，又趕快把醫生叫來，醫生幫他做了幾項檢查，說奧吉的左手機能恢復了。

好像活過來了一樣——奧吉發自內心這樣覺得。這段日子來第一次感受到這樣的活力，好像不管什麼事自己都可以辦到。最初大腦甦醒後，雖然因為受到衝擊而變得遲鈍，但現已漸漸恢復。本來除了睜眼、閉眼，其他身體部位都沒辦法對奧吉的意志有所反應，不過現在不再是這樣，左手的運動神經恢復，可以動了。生命在逼近死亡的臨界後，會重新向著生存而去嗎？也許是這樣也說不定。

無論醫生怎麼對他心理諮商都無法找回安全感的奧吉，如今漸漸生出生存的意志。多虧了左手，讓他回想起自己還僅存的事物，還值得這人生去執著堅持的事物，這一切太多太多了。雖然目前只有左手可以動，但他心中燃起希望，覺得以後其他的部位一定也可以動。

病房裡似乎恢復了一點生氣，看護也更常和奧吉說話，丈母娘雖然還有些生疏，但也會對他說「加油，要用你的雙腳走回家。」以此為他打氣。

奧吉正式展開復健，制定時間表，每天要進行幾小時。不知道是不是太超出負擔，弄得大腿血管破裂，也曾造成治療中斷半個月。在如此賣力復健後，奧吉最終陷入混亂與憂鬱的情緒，拒絕任何治療。

「大家都是這樣過來的。」

醫生用理所當然的口氣說。

「身體受到損傷，難免會經歷混亂時期，思考過程變得緩慢，當然也會變得麻木無感，也會想：為什麼我會變成這樣？到底是發生了什麼事？類似這樣的想法一定會出現——怎麼不呢？不過也會很快再打起精神，因為這就是人的本性。慢慢找回安全感之後就會努力復健，不過沒辦法維持很久，因為越是認真復健，身體也越感到疼痛。復原過程是緩慢的，一旦意識到這不是短時間就可以恢復，很容易陷入焦慮與憂鬱。但是即使如此，也沒關係，因為你還活著。只要還活著，就有希望克服一切。」

醫生以溫和慈祥的口氣告訴奧吉，他並不是唯一有這種經歷的人，這是所有復健者都必須走過的心路歷程。

奧吉感到安心。一想到自己是走在復健的必經之路就感到安心許多。原以為只有自己是特例，非常獨特，因而覺得忍耐不了。而他之所以覺得自己獨特，卻是源自於身體上的殘缺。

5

兩名醫護助理分別抓著奧吉躺著的床的前後，小心翼翼推進一扇鐵製大門。躺在床上的奧吉以至今從未有過的角度仰望著自己的家，每當他隨著床一起移動，三角形屋頂看起來彷彿更加歪斜，屋頂的影子被拉得更長，照映在主屋的外牆上，更顯陰暗。隨著床的搬移，奧吉眼中的外牆也跟著大大起伏波動。樟樹過度茂盛的枝葉朝他身上延展低垂，屋簷阻擋了視線，使之沉悶陰暗。

奧吉所在的房間距離以前和妻子共用的寢室還有一小段距離。這並不是醫護助理的失誤，也不是故意要他拖著不便的身體，靠自己力量走進去。是因為以奧吉的情況根本不可能辦得到。雖然三個月來他集中努力復健，狀況卻幾乎沒有好轉。除了脖子能稍微左右轉動，能使用左手……但也只有這樣了。起初左手喚起了奧吉的生存意志，現在卻看不到其他任何好轉，只剩無盡的挫折。不管怎麼努力復健，其他部位都沒有恢復的跡象。而因過度使用左手，常常使手抽筋或痠痛，與虛弱無力的右手相比，更加凸顯兩者差異。也因為只有左手恢復，打破了奧吉身體長久以來的平衡。

丈母娘擋住了正在移動式床鋪的兩名醫護助理，以及一起被抬進來的奧吉，緊抓著他躺的病床哭泣。她像個孩子般臉皺成一團，放聲大哭。奧吉是第一次看到這樣的她。雖然在醫院裡丈母娘也常哭泣，不過無聲且安靜，又維持著某種儀態，默默流淚。即使處於沉默之中，似乎也在哭。但她在他人面前不輕易流淚，感覺就像已接受女兒過世的事實。

過了好長一段時間，奧吉才終於能躺在自己的房裡，低矮的病患專用床鋪取代原本古典鄉村風格的伊莎艾倫紅木床鋪，這是能調整高度的病床。以前和妻子共用的床對於奧吉來說太大又太高。然而改變的不只是床，房間裡的設施擺設也變了，就像個設備很差的療養院，淒涼又冷清。

住院期間，奧吉房裡的一切都由丈母娘整理。她和奧吉的主治醫生面談之後，預約好下一次手術的日期，詢問醫生他未來的狀況，並轉述給奧吉。也諮詢了之後的物理治療及復健方法。為了往返醫院，預約了接送的醫療救護車，也聘請居家照護的物理治療師。奧吉必須長期到醫院接受檢查，居家照護的物理治療師會幫忙關節及肌肉的復健治療。丈母娘已將他所需的醫療病床及復健治療需要的各種輔助器具統統買好。

除了丈母娘以外沒有其他人可以幫忙。對奧吉來說，所謂的家人只剩丈母娘一個。所以，實際上的法定監護人也是丈母娘。

丈母娘也找了個居家看護。她透過醫院護士的幫忙，在網路上刊登了徵人啟事。因為這樣必須一同居住的工作形式，應徵者不多。丈母娘親自一個一個進行面試，詢問他們相關工作經驗，確定錄取之後，再協調薪水及工作內容。

雖然這個看護穿著有些俗氣，但不管怎麼樣，聽說經驗非常豐富。

「她在前一個家庭當看護時救活了一個差點死掉的人呢！」

丈母娘如此說道。奧吉笑了，如果可以發出聲音，他一定會放聲大笑。丈母娘平常講起話才不可能這麼誇張，也不是那種會說三道四、打探小道消息的個性，這一定是那看護的自我吹捧。

她針對居家物理治療師的說法也差不多，說那人協助病患復健恢復得多麼成功。

「他說，病人恢復到用自己的雙腳走路只花了一年的時間呢，真是厲害！」

奧吉最討厭的事情之一就是談論難以治癒的疾病終能治癒。如果在以前，他絕對會冷嘲熱諷一番。但現在為了活下去，他什麼偏方都肯吃，任何方法也願意試。如果能開口，他一定會這麼表示，他很想表示自己仔細地聽了，雖然很想應聲附和，卻沒有辦法，只好眨了眼睛一下。

奧吉現在發出的聲音並不是能聽得清楚或聽得懂的，仍只是小小聲的模糊呻吟，但醫生說，下次手術後狀況一定可以變得更好。碎裂的下巴肌肉漸漸長回來了，受損嚴重的聲帶也在恢復中。

「嗯嗯，這是我該做的事啊，不用客氣。」

丈母娘認定奧吉眨眼是這個意思，並如此回覆，而他為了表達那的確是他想說的話，又眨了一下眼睛。

「我不做還有誰會做呢？」

她低聲嘆了口氣，接著問道。

「隔那麼久才回到家，感覺怎麼樣？」

奧吉抬眼，看著熟悉的天花板上方型的電燈。與過曝的病房電燈相比，它簡直像快熄滅的燭火一般昏暗又幽靜，是令人感到安全的溫馨光芒。

「很棒吧？」

丈母娘似乎想趕快得到答案，又再度詢問。

奧吉用力眨了一下眼睛。嗯，很棒！這段時間來，日日憂鬱又悲慘。未來還會有更多這樣的日子。至少此時的心情舒適平靜。即使身體仍感到疼痛，又失去了行動能力，還永遠地失去了妻子……即使如此，竟還能有這樣的感受，意外地令自己安心。

「當然很棒，一定很棒吧。」

丈母娘猶如嘆息般說道，說著說著突然又哽咽啜泣了起來。她並不是因為奧吉能恢復到這般程度才開心哭泣，應該是又想起女兒了吧。因為可憐的女兒連以這種方式回家都做不到，心中哀傷淒涼，想著再也無法見到女兒，難掩思念之情，因而潸然淚下。

奧吉看著丈母娘，像是想要安慰她一般眨了眨眼睛。和在醫院默默流淚不同，丈母娘放聲大哭，還要奧吉對她的話語和決定表達認同、肯定。雖然他有些疲倦，依舊想照著她的意思去做。

可是丈母娘哭得更大聲。他呆滯地將視線轉向天花板。要接受自己不會說話也沒關係，又或者和別人溝通只能靠著眨眼，也沒什麼不可以。即便淪落到如此悽慘的地步，他也覺得無所謂。如果思考使他真心感到悽慘的一刻，會是何時呢？肯定就是現在了。奧吉疲憊萬分。他並不是處在可以安慰任何人的處境啊。這世上沒有比他更不幸的人，丈母娘更應該了解這點才對。雖然現在丈母娘一見自己就哭，他可以理解原因，但以後可能會對此感到憤怒。

現在她轉為靜靜啜泣。一般而言，在放聲痛哭之後很快就會平靜下來。但如果是低聲啜泣，何時會停止就很難說。奧吉的人生變得非常不幸，對他而言，幸福或安樂也許是某種奢侈吧。丈母娘令他意識到這一點。妻子死了，獨留他一人活在這世上。即使聽到周圍的人紛紛說，「就算變成這樣，能活著真是萬幸。」但他依舊羨慕死去的妻子。奧吉很想一個人獨處，不知道花了多長的時間，如今好不容易回到自己熟悉的房間。在醫院時，常常可以一個人獨處，因為是雙人病房，隔壁床的病人有時會去治療室，所以會空著沒人——即使只是短暫一刻。一般而言，病房裡會有護士、看護，或是丈母娘，此外也有來探訪隔壁病患的家人或是朋友，不斷來去進出。

在醫院就好像來到傳統菜市場，病房裡總是喧譁吵鬧，隨時都會有人把門打開、走進病房裡，甚至在奧吉透過尿管小解時，他們就這麼打開門，走進來跟裡面的人說話。未來他也得把自己交付給看護照顧，想獨自一人安安靜靜幾乎是不可能實現的心願了。即便如此，他也想獨自環顧這熟悉的房子，嗅聞家裡熟悉的味道，輕輕撫摸著床鋪，數算天花板的花紋。奧吉很想獨自一人度過這樣的時光。

丈母娘似乎沒有走出房門的打算，只是安靜啜泣著。但不知何時她停止了哭泣，坐到放在床腳的摺疊椅上，在那兒一直看著奧吉，彷彿只要他一有任何需求，就可以立刻處理。她的視線沒有從奧吉身上移開，有時嘴巴好像在動，並且發出一點點呢喃，但不是在對他說話。奧吉什麼也不想拜託丈母娘，雖然未來必須仰賴丈母娘的事情會很多，但是至少現在他不想要。

相隔八個月才回到家中。一開始是跟妻子一起出門旅行，如今只有自己獨自回到家中。其他人真的知道這代表什麼意義嗎？奧吉非常想知道。他也對自己如今的處境感到憤怒，卻又因為覺得沒有任何人可以了解自己，感到落寞孤單。

奧吉心想，如果他睡著了，丈母娘或許會想離開房間也說不定。因此他閉上雙眼，假裝睡覺，然而她卻一動也不動地安坐在那兒。可能是怕即便是最小的聲響都會吵醒他，連呼吸都顯得小心翼翼，大氣不敢喘一聲。奧吉故意用力深呼吸，偶爾偷偷瞥一下丈母娘，所以眼皮也許有些不自然的顫動。但他仍繼續裝睡。奧吉所做的一切不過是為了想擁有一個人獨處的時間。

和丈母娘這樣長時間相處算是生平第一次。與妻子結婚十五年來，他也沒和丈母娘聊那麼久過，更沒有什麼是要一起討論的，也沒有什麼共同關心的話題，可以聚在一起談。丈母娘的話不多，個性也比較認生，和奧吉並沒有那麼合得來，他也從來不需要特別努力與丈母娘變得更親近，因為她和奧吉之間總是夾著妻子這個中間人。不管有什麼事，她總是找妻子商量，而妻子也會與她閒話家常。這時奧吉插花個幾句就差不多夠了。就算妻子不在，也有對每件事都一堆意見的丈人。丈人不管對什麼話題都很有意見，雖然總是以謾罵和批判的方式展開每個話題，但也因此話匣子一開停不了。

奧吉與丈母娘初次見面的場景，即使到現在仍令他印象十分深刻。那時因為要與妻子的父母見面，他緊張萬分。他把妻子給的兩個建議牢記在心。妻子曾說，爸爸的話很多，但媽媽相反，所以要他好好聽爸爸說話，附和他說的一切，對於媽媽則是盡量找話題來聊。妻子曾說，「爸爸的人生已經擁有太多，可是媽媽除了女兒以外什麼都沒有。」這句話道盡了自己的父親對家裡大小事情多麼漠不關心，母親則對女兒有著強烈的關愛與依賴。妻子的第二個建議是：盡量吹捧丈人至今的所有成就、表現，對丈母娘則是要盡量稱讚妻子的優點。

奧吉盡力想表現到最完美，希望留給妻子的父母一個好的形象。奧吉深愛妻子，她的父母希望舉辦充滿歡樂的婚禮，但他當時的經濟情況其實並不寬裕，所以更加努力想表現得好。他只是一個未來不明確、人文學界的在學博士生。父母雙亡，也沒有任何遺留下來的財產。與妻子的父母見面後，更讓奧吉對自己的處境有了更深的體悟。

丈母娘看起來比實際年輕，即使有點年紀，仍然美麗端莊，毫無鄰家歐巴桑的模樣。與有著銳利臉部線條、大眼睛的妻子不同，丈母娘的圓臉上有著一雙半月型的眼睛，相當風采迷人。儘管如此，兩人看起來依舊相似。妻子上了年紀應該也會像丈母娘一樣漂亮。

但是，丈母娘個性較優雅有禮，而且完全不是隨性瀟灑的個性，而是拘謹嚴肅，其實讓奧吉感覺相當不自在。如果那時丈母娘可以更樸實些，爽朗隨和，想必不會使他整頓飯吃下來冷汗直流。

因為想要表現得優秀，讓人留下好印象，因此起初覺得對什麼都很有意見、彷彿老愛找碴的丈人很難相處。可是，他漸漸覺得保持一臉溫和的丈母娘更難取悅。而當時妻子一副毫無關心，像個無關者那樣坐在一起，也很奇怪。未來的岳父、岳母這樣就算了，連妻子都像個陌生人。之後回去想想，妻子似乎也對這樣的場合感到不自在——總是在外面打轉的爸爸，代替自己的丈夫對女兒傾注自身一切的媽媽，這樣像是享受天倫之樂地坐在一起——這樣的場合。

丈母娘咬著食物，不發出一點聲音，不斷來回看著妻子與奧吉。她看著妻子時，臉上流露出驕傲與自豪，但看著奧吉時，卻是狐疑與不放心。這兩種表情不停交錯出現在丈母娘臉上。即使如此，她仍表現得非常有教養，以幹練之姿保持禮貌性微笑。簡而言之，丈母娘是一臉保持距離的表情。

只有丈人不斷向奧吉提出問題，主要都是和父母相關的疑問。無論奧吉怎麼回答，丈人總是用類似「唉，怎麼會這麼早就走了呢！」如此感嘆萬分的口吻做為對話的句點。

如果是其他人在奧吉面前說起有關父母的事，總會顯得小心翼翼。也因為這樣，奧吉理解到，小時候他經歷的，並非小小年紀就該經歷的事，大家也會盡可能不在奧吉面前談論父母，偶爾不小心說到相關話題，也會因為覺得掀起奧吉的陳年傷痛鄭重向他道歉。但其實這種時刻才最令奧吉感到受傷。毫無來由的，那種感覺就像面對排擠自己的孩子。他們都是一樣，提醒著奧吉他沒了父母的缺陷，而且他們全都意識到了這一點，也因此更加深他的失落感。

丈人詢問奧吉的媽媽是怎麼去世？生了什麼病？臥病在床多久？那時是在哪家醫院接受專門治療？丈人想要了解得非常詳細。

關於媽媽，奧吉說謊了。他從以前至今都是這樣說，所以一點也不難。他總是說自己的媽媽是因為得了肝病而去世。但有時他會想，搞不好實際上媽媽真的是因為這樣才過世。他說，因為媽媽長久以來都受憂鬱症困擾，飽受失眠之苦，也因此即使沒做什麼粗重工作，也從不喝酒，卻總是非常疲倦，也造成肝損傷而過世。

在丈人排山倒海的問題面前，奧吉顯得有些手足無措。丈人責怪初診的綜合醫院醫生犯了錯，接著問奧吉一連串問題，像是肝指數飆到多高？從發現到去世相隔多久？是不是一開始沒有好好接受治療？有沒有問醫生相同的問題？

而講到他的爸爸，丈人更是變本加厲。奧吉不該談起腸阻塞，不該提到醫生那時候說的話。這真是一大失策。丈人批評奧吉沒能力，怎麼會連一個優秀的專門醫生都不認識，接下來又是一連串的問題。

對於丈人的指責，奧吉根本無力招架或反擊。起初他還勉強試著回答，但是到很後來才想到，其實不知道是當然的啊。也因此他講了一堆話後才提到醫院其實沒什麼用，也因為沒做什麼徹底的了解，講的內容也是含糊不清、模稜兩可。結果又因為這樣被丈人雞蛋裡挑骨頭，找碴抓話柄。丈人還用懷疑的語氣詢問他，到底是肝病或者有肝癌的家族病史。

之後丈人也突如其來談論起關於父母的話題。因為特殊疾病或是家族遺傳導致他父母雙亡，丈人擔心將來會不會也因為這樣帶給家裡不幸，看起來對奧吉似乎不甚滿意。他好像想讓奧吉了解自己有多麼不足，還說，如果現在無法擁有，未來也絕對不可能擁有。看來丈人是想讓奧吉認清自己的處境。奧吉看著坐在對面的妻子，她面無表情地盯著牆壁，一點都沒有想要幫奧吉解圍的意思。搞不好，在和奧吉一起出席這場飯局之前，她就聽父母說過這些話了。

最後，丈人還像開玩笑似的問奧吉，「既然是孤兒，辦婚禮也可以跳過傳統的幣帛儀式[1]囉？」奧吉支支吾吾，不知道該怎麼回答，此時丈母娘挺身而出，開口說話了。

「校長先生，我也是孤兒啊，校長先生也是孤兒不是嗎？所有人總有一天都會成為無父無母的孤兒，你又何必這樣呢？」

丈人有些面子掛不住，尷尬地拿起杯子喝水，全喝光後又大聲再要。奧吉有些猶豫不決地站起來，走到包廂外請女服務生再拿點水過來。

丈母娘小聲地訓斥了丈人一番。對於這樣的爸爸，或是叫爸爸「校長先生」而嘮叨碎念的媽媽，妻子看起來相當習慣。丈人皺了皺眉，但也沒回嘴。

可能是丈母娘的話起了作用，在接下來的用餐時間，丈人不再提起孤兒的話題，對奧吉父母的事也沒有再追問下去。多話的丈人迅速轉換話題，圍繞著奧吉那個沒有前途的學業，以及毫無前景的未來，大肆談論。這樣的話題對奧吉來說倒無所謂，因為他也常和妻子、同事，甚至指導教授聊到這個話題。奧吉和同事時常自我嘲弄，笑說花了一堆時間與金錢，卻投資在這些沒用的事情上。也因為這樣的玩笑話，稍稍降低了彼此對於不確定未來前景的不安。

而且，父母也沒辦法讓奧吉有所依靠，所以這對奧吉來說也並不陌生。奧吉的爸爸更是一直以來都對他非常不滿，「到底什麼時候才要盡一下做人的本分？」「一個堂堂

1 幣帛儀式是韓國婚禮結束後一種傳統拜公婆儀式，要準備一些傳統食物像是大棗、肉乾、栗子、酒等，新郎、新娘向公婆行大禮後，公婆會丟栗子跟棗子給新人，看接到幾個，接到越多代表兒孫滿堂。

男子漢總是窩在房間裡看書，這像話嗎？」每次見到奧吉，爸爸就會不高興地這麼說。他所謂的「盡做人的本分」，指的是經濟上的獨立。

丈母娘又念了丈人一頓。

「校長先生不也是負責教倫理道德這個科目嗎？你還不是一輩子在學和教這個沒用的東西？」

丈母娘就像在說什麼很好笑的笑話似的邊笑邊說。奧吉不知道到底該做什麼反應，顯得有些猶豫不決。丈人聽完後跟著笑了出來，一直沉默不語，沒有任何動作的妻子也笑了一下，只有奧吉沒笑，因為這個玩笑話是專屬這個家庭的，這使他更覺得自己對他們來說就像個格格不入的外人。

從前菜到甜點，丈母娘所有種類的西餐餐具都使用得相當完美。每用完一道餐點，就會用紙巾小心謹慎地擦拭嘴角，並將刀叉餐具井然有序地放在盤子右側，奧吉對此印象相當深刻。

丈人一開始就不拘泥於西餐禮儀、隨性使用餐具，發現到這點的妻子說爸爸很鄉巴佬。而丈母娘則是以完美的順序使用刀叉，並且兼顧用餐禮儀。處於他們三人之間，奧吉顯得有些不知所措。用餐時，他一直偷瞄妻子與丈母娘選擇哪樣餐具來使用，費盡心思配合丈母娘的用餐速度。比起當場不給面子、一直貶低自己的丈人，奧吉更想在優雅地將心思隱藏起來的丈母娘面前有好的表現。

第三道料理上菜時，丈母娘有些愣著，直盯奧吉看。此時，丈人已經開始用餐，妻子也吃了起來，丈母娘對著不知所措又躊躇猶豫的奧吉說。

「趕快先吃吧。」

她的語氣非常親切，表情也溫和敦厚，但不知道怎麼回事，奧吉有種掉入考試的氛圍的感覺。丈母娘好像知道奧吉用餐時一直偷看自己怎麼用西餐刀具，但也不知道是不是自己想太多。說不定，丈母娘只是沒什麼食欲才沒吃，這也是有可能的。可是奧吉不管怎樣都覺得這像是在測驗自己。一切都怪他太過緊張。

和妻子父母初次見面用餐的地方是位於獎忠洞的一間飯店。本來是奧吉要打電話去預約，把所有事情安排好，但飯店說沒有位置了。然而，妻子的父母一打電話，就預約到了一個小包廂，而丈母娘連要吃什麼套餐都預先訂好。單是這些小事，就讓奧吉心裡很在意。

用餐結束後走出包廂，丈母娘放慢腳步，走向奧吉，丈人發出「咳咳」清喉嚨的聲音，一邊往前走去，妻子來回看著媽媽與奧吉，丈母娘用眼神往丈人那個方向示意了一下，悄悄對他說，「辛苦了。」又補充說「校長先生本來嘴巴就有點壞，惹人厭。」奧吉趕緊揮揮手回答，「沒關係的。」

「你這麼端正有禮，過世的父母如果看到今天的你，一定也會以你為傲。一定的！我本來很擔心他一直說你是孤兒，會不會讓你感到自卑，幸好是白操心了。」

丈母娘像是要鼓勵奧吉似的，輕輕拍了他的手兩次，聽到丈人提醒自己趕快過來，丈母娘便再度往前走去。

奧吉和妻子看著丈人和丈母娘的背影，沒有交談，只是走出去到飯店走道外。兩人看著丈人和丈母娘搭上了一輛洗得相當乾淨的黑色轎車離開，他本來期待著妻子會伸手握住他的手，偏偏這個時候計程車來了，妻子一句話也沒說，伸手攔了車子。

直到過了很久他才想起，或許那瞬間先把手伸出去的不是妻子，而是奧吉也說不定。奧吉希望妻子可以安慰一下自己，心想她應該也會想向他道歉吧，可是妻子沒有為任何事情道歉，或許她根本不知道該為了什麼事情而道歉。

丈母娘說過的話不斷在腦海中打轉。她說他端正有禮，擔心他會感到自卑，這比起用餐期間丈人毫不掩飾的當面斥責，更使奧吉感到像被挖了一個洞。就像自己被丈母娘看透，奧吉因為無法擁有的一切而感到自卑，是人之常情，因為失去雙親的成長過程，無法在一個良好家庭教育的環境之中成長，對此，丈人毫不留情批評，然而丈母娘卻用婉轉的方式讓他回想起這一切。

相見禮之後，對於奧吉對岳父母的想法，或是有沒有什麼事要告訴奧吉，關於那天的一切，妻子一句話也沒有。後來，若要提起那天的用餐，總會讓奧吉很不自在。雖然想在妻子的父母面前表現得好，可是一切似乎都不如他心意。也許妻子將奧吉的婚事拋到一邊，與父母發生了口角也說不定。

奧吉苦惱了好幾天，好不容易鼓起勇氣問妻子那天的事，妻子卻只是聳聳肩膀，一副沒什麼好說的模樣。是奧吉想太多了，原本以為她是因為父母親不喜歡自己，避而不談那天的話題，其實不然，就只是沒什麼好說的罷了。妻子說，因為她沒有機會和爸媽討論有關奧吉的任何事。他緊張地問，妻子才不情願地開口。

「因為後來爸媽吵架了。」

「是因為我的關係嗎？」

「不是，是因為媽媽叫爸爸校長先生。」

妻子顯得有點不好意思，靦腆地微笑了一下。

「因為媽媽只有在不高興的時候才會這麼叫，是挖苦爸爸的意思啦。爸爸從來沒當過校長，別說是當上校長，甚至還不到退休年齡就提早退休了。」

「為什麼？」

「財團裡發生了一些事，卻說要爸爸負責，所以只好提早離開。」

「是發生了什麼事啊？」

「我怎麼會知道。」

「妳怎麼會不知道自己爸媽的事？」

「你就很清楚你爸媽的事嗎？」

妻子收起笑臉，一派正經地反問奧吉，他則是大笑出聲，用以緩解兩人間的氣氛。

等到確定結婚典禮的日子，奧吉才知道丈人辭職的真正理由：他和身為同事的老師間的不倫戀被揭發，在輿論壓力下不得已被辭退。這是第二次見妻子父母時她告訴奧吉的。在獎忠洞飯店見面禮後，大約過了一年時間吧。好像是妻子解釋那兩位為何一副相敬如「冰」時，自然而然說出來的。

那時，妻子的娘家剛搬不久，房子位於麻浦的走廊型公寓，客廳裡放了一張很大的水牛皮沙發。因為沙發的關係，使得與廚房相連的一字長條型客廳在視覺上變得更加狹窄。沙發面對的掛壁式電視也很大，使沙發與電視距離感覺相當接近，因而讓人產生壓迫感。丈人非常習以為常地坐在沙發上，兩隻手臂自然地掛在上頭，把電視音量調到最低，看著高爾夫頻道。電視裡穿著花花綠綠的人下半身使力，站得筆直，用力揮桿，看起來非常滑稽可笑，但盯著電視看的丈人卻非常認真嚴肅。

丈母娘則穿著長至拖地的居家服，端著閃耀銀色光澤的托盤，上面擺了茶杯，整體看起來非常超現實，也有些怪異。紅茶非常燙，不知道是不是茶葉放太久，一點香氣都沒有。奧吉吹一吹，讓茶冷卻，再把茶都喝完。當丈母娘拖著長長裙襬的居家服在狹窄的客廳走來走去，丈人明顯表達出自己的不滿，不開心地嘖嘖作聲。

不知怎麼搞的，原本話很多的丈人也只是發出嘖嘖聲，倒沒多說什麼。妻子說要換衣服，於是走進房裡，丈母娘完全沒往丈人與奧吉這兒看一眼，一直裝作在看書的模樣。奧吉不知道視線該放在哪裡，只好靜靜地環顧家中四方。

家中經濟衰敗的生活痕跡顯而易見，擺了一堆不符合空間大小的外國家電，可能是贗品卻不太常見的金基昶畫家的紅色火鳥畫作，玄關一側堆滿非常多放不進鞋櫃的名牌鞋盒。

環顧一陣，他忍不住有這種感覺：跟房子的大小相比，家中的家具與裝飾都太大了。分離式的頂級冰箱因為過大，無法完全放入廚房，所以有一部分凸出到客廳，而使客廳看起來更窄小的還有一張厚重的原木餐桌，上面放烤箱、咖啡機、茶壺等家電用品，彷彿無法顧及料理時的來回動線，只要有空間就把東西全放上去。

客廳的玻璃電視櫃裡有個小的瓷器，奧吉盯著那個瓷器看了許久。那像是應該跟鍋碗瓢盆、茶杯等餐具放在一起才對，卻單獨收在客廳的電視櫃，是家中唯一沒有沾染上生活痕跡的物品。

丈人意外提早退休，不知道什麼原因讓家中經濟一落千丈，說不定值錢的東西全都變賣了，就只留下這個值錢的。但是那東西看起來沒什麼特色，還散發著過深的藍色光芒，推斷應該不是什麼昂貴物品。也許是看起來太過廉價，所以在整理家當時沒被賣掉，反而保存了下來。

從房內出來，走到客廳的妻子拍了拍奧吉，他才意識到丈母娘正盯著注視電視櫃的自己看，丈人也用不太滿意的表情看著奧吉。

「那個瓷器顏色很漂亮。」

有些難為情的奧吉趕緊隨口說了句話，丈人又咂咂嘴，身體更陷入沙發裡窩著。丈母娘原本靜靜地待著，一聽到公寓外面的小公園裡傳來孩子嬉鬧的聲音，突然起身往陽臺走去，對著外面大聲怒吼。

「喂！吵死啦！去遠一點的地方玩！」

丈人再次發出嘖嘖聲，毫不掩飾地往丈母娘的方向直瞪。奧吉感到驚訝。不僅因為丈人的態度，也因為丈母娘的吼叫，在在令奧吉不太舒服。

妻子向父母隨便找個藉口帶奧吉出去。搭電梯下樓時，沒由來的突然把丈人離開公司的理由全說出來，對於父母間尷尬又不自然的行為，她覺得沒有什麼值得好說，但話一說完，她也沒給他反應的時間，便逕自笑了起來。

「還有親愛的，那個不是瓷器啦！」

奧吉露出疑惑迷惘的神情，妻子噗哧一聲笑了出來。

「說什麼顏色很漂亮，漂亮個鬼啊，你真的很沒眼光耶！」

「喔，那是假貨嗎？」

「哪裡有什麼假貨，我是說那不是瓷器，那個是骨灰罈啦。」

「那種東西為什麼會放在家裡？」

「是我外婆的骨灰罈。」

奧吉努力試圖讓自己不要一臉驚訝，怕妻子覺得難為情，因此裝得很鎮定的模樣，但妻子反而對他處之泰然的態度感到奇怪。

「你早就知道了嗎？」

「怎麼可能。」

「其實我媽媽呀，她是日本人。」

「欸？」

「正確來說是混血兒。我外婆是日本人，所以我媽媽在日本一直住到國中左右，後來外公外婆離婚後，就跟著外公一起來到韓國。後來外公又跟韓國人再婚，媽媽和繼母一起生活了滿長一段時間，後來也沒辦法再回日本，因為外公也不准媽媽回去。幾年前，不知道怎麼聯絡上親戚，把外婆的骨灰帶來。但你知道為什麼那個親戚在過了幾十年才又回韓國嗎？」

「不是為了把骨灰拿給你媽媽的嗎？」

奧吉理所當然地回答。

「那人說是因為南怡島才來的，因為裴勇俊的關係。哈哈，托裴勇俊的福才讓媽媽和外婆能夠重逢。」

奧吉和妻子為此笑了好久。

「但為什麼不安置到納骨塔呢？」

「一開始只是打算暫時放在家裡，結果就變成長久性地放在家裡了。聽媽媽說，小時候日本家裡有佛壇，你不也看過嗎？日本式家庭裡的佛壇不都會把佛像或是牌位放在那邊嗎？我媽媽小時候在家就有骨灰罈放在佛壇上，這樣從小看到大，所以家裡放個骨灰罈一點也不覺得奇怪。」

「嗯，我在書上看過，書上說會把骨灰罈放在佛壇上四十九天。」

「如果只放四十九天就好了……一開始覺得噁心又可怕，只要一想到那裡面裝了外婆的骨灰，連看都沒辦法看一眼咧。」

「現在也還是嗎？」

「早就忘了，只是有時聽到有些客人跟你一樣把那個骨灰罈稱為『瓷器』，就會覺得有點好笑……但有時候又覺得有點害怕。」

「該不會骨灰罈裡發出過什麼奇怪的聲音吧？」

「不是啦，是因為有時媽媽會對著骨灰罈說話。一邊輕輕摸著骨灰罈，一邊對著骨灰罈低聲呢喃，就好像對著真的外婆說話一樣，而且還是用像小孩子的聲音講話，看到這種情況就覺得既可怕又噁心。」

妻子降低音量，就像在講一個天大的祕密。

「那她說了些什麼？」

「我也不知道，因為媽媽是說日文。」

「看來她日文到現在都還是很好。」

「好像還記得一些吧，但聽說外公不准媽媽再說日語。媽媽一說日語，就會非常生氣地責罵她，可能擔心她看起來像日本孩子，所以費盡心思不讓媽媽說。媽媽說，自己到國中以前都只說日語，後來說韓文發音聽起來很奇怪，所以就變得不愛開口，話也變少了，可能是因為其他朋友也會嘲笑她，自己也怕別人用奇怪的眼神看她。」

第一次聽妻子談起家人，雖然也不是什麼大不了的事。不講出口也是情有可原，但奧吉聽得津津有味，就像解開謎題一般內心舒暢，特別有助於更加了解丈母娘。奧吉腦海中對日本人的印象雖然看起來端莊高雅，卻無法了解其內心在想什麼，把這樣的印象套在丈母娘身上就完全可以理解。雖然這不是什麼好方法，但至少以後在妻子的家人面前，假使又有成為外人的感覺，奧吉就會想成是在跟外國人相處。

6

如今的庭院一片荒蕪雜亂，才相隔八個月，竟能讓所有植物荒蕪枯萎到這種地步，真是不敢置信。庭院裡的植物不是枯死，就是整株枯萎，可是植物的根仍深埋在土壤中，站在那兒枯萎死去。這樣直挺挺死去的植物令人覺得毛骨悚然，就像當初不動產仲介初次帶他們來參觀這棟房子時的庭院，患有失智症的老婦人與氣力衰弱的老人站在那座庭院的陰影中，看著奧吉夫婦。

妻子精心照顧的庭院也已不復見，他也不記得那時庭院裡開了什麼花。雖然有部分原因是他對這些花草毫無關心，也因為庭院裡的花草植物沒有任何突兀、不協調，自然地生長在庭院的緣故。

許多經過低矮鐵柵欄的人目光都會受到吸引，停下腳步，駐足觀賞庭院的景色，有的人甚至會要求，「可以看看再走嗎？」妻子與奧吉也會愉快地回應「沒問題」。不只妻子想炫耀自己的成果，就連他也相當以這個庭院為傲。附近的房子幾乎將這些需要費很多心力的庭院都去掉了，只留現代式的屋子本身，或只保留小規模的庭院，裡面只有大小相去不遠的松樹或灌木植物。相較之下，奧吉家的庭院看起來的確與眾不同。

妻子花了幾年的功夫才將庭院裝飾成這般美麗。第一年並沒有成功，一開始種植與隔壁鄰居家差不多種類的灌木植物，但沒撐過兩個季節就輕易死掉。第二年也不是那麼滿意，直到第三年才形成如此面貌。而那已經是前年的事了。

妻子這麼用心努力在栽培庭院的花花草草，奧吉也不是很清楚真正的理由，但大概知道是從什麼時候開始的。奧吉知道妻子是何時開始改變庭院的使用方式。起先，他們只是放了個大大的遮陽傘在庭院，在那兒烤肉。庭院中央兩張大桌整齊地並列，在那裡烤高級肋排、沙朗牛排、香腸或馬鈴薯、香菇等，有時也會招待朋友，在庭院裡辦個簡單的烤肉派對，妻子娘家的家人及奧吉的同學也曾來過。後來，他學校的同事也來過。

自從招待過學校同事來家裡，妻子就改變了庭院的用途。她把院裡的桌子賣掉，烤肉用的器具統統收進倉庫，之後大肆翻土，栽種花草。即使是這麼顯而易見的事，奧吉也是過了好幾天才意識到，妻子決定將庭院大大改造一番。

那時剛好是奧吉非常忙碌的時期。除了學校的學系外，對於可以增加自己經歷的其他事情，他感到更大的興趣，並著手進行。除了接受財團的支援，組了一個研究事業小組，也參加好幾個學會的研究，對於外部機關的諮詢工作也來者不拒，全接下來。前一年出版的書籍也被幾個地方團體選為推薦圖書，更有好幾場演講邀約進來。最初他覺得很神奇，準備的內容也多少有所重複，因此演講稿也進行得頗為順手，也到大邱、群山、釜山等地去演講。

每次若要介紹自己的專業，奧吉總要費好大一番工夫來向聽眾解釋地理學。因為，如果說自己是地理學系畢業，普羅大眾都會想像成歷史。奧吉一開始得特別說明地理學系是畫出世界的一種科學，歷史則是寫出世界的一種文學。但是後來覺得好像也沒必要說明，因為主修地理的人非常清楚這件事，而非主修的人則對這個一點興趣也沒有。

如果說地理學，一般人會誤解成「那應該對不動產非常了解，對於房地產投資相當有一套，也買了不少土地。」奧吉後來也不再多做解釋，甚至還錦上添花地說自己買了一棟透天厝。

奧吉的論文主題選了地圖學，主要是因為當時的指導教授。雖然現在教授已經退休，但當時正埋頭專注於執筆寫作的他對奧吉說，在這個土地狹窄的國家，把自己的人生全投入原本論文主題的地形學，是很沒意義的。因此他所以勸奧吉把論文主題改成地圖學。奧吉照著指導教授的意思修改論文的題目與研究方向，但其實指導教授本是另一位，只是覺得在之前的指導教授退休前自己應該沒辦法完成，所以決定要更換，結果連論文主題也改了。

之前的指導教授知道後，對奧吉改變主題顯得相當不高興。他認為相較之下地圖學算是最近才興起的新研究，如果主攻專門研究地圖學是很危險，他也給予奧吉忠告，還說在地圖學領域有聲望的研究學者大多是在歐洲或美國，如果沒有去海外留學，研究地圖學就一點意義也沒有。甚至苦口婆心地勸奧吉，因為地圖的研究與地圖製作還處於初期階段，研究這個領域的學者的未來，比起他們分析的地圖更不明確。奧吉雖然傾聽了教授的建議，仍未改回論文主題。

奧吉做了這個選擇後，之前同個指導教授的前輩開始對奧吉諷刺挖苦，但倒也不是一夕之間一百八十度改變態度，露骨地挖苦奧吉。最初只是諷刺地稱讚，但是隨著時間過去，他們開始說奧吉真是機靈，很會見風轉舵。甚至有個前輩對他說，他是個為了成功不惜拋妻棄子的傢伙，非常有眼光，很會選邊站，自己真該多跟他學學！我們算什麼呢，一點都不懂得變通。那人總是用這種貶低自己的口氣不停挖苦、諷刺奧吉。還說一開始以為他只是因為論文而叫苦連天，誰想得到他會想故意拖延時間。之後更是毫不留情面，直接酸奧吉，說什麼這傢伙很有心機、會算計，你們都好好排隊吧，就是這種混蛋才有可能成功。

為了證明這些都是誤會，奧吉努力投入地圖投影法研究，花了很長時間仔細研究舊型的矩形地圖。從古代的巴比倫地圖到近代，他總是拿著各種地圖仔細觀察研究。但越研究就越覺得茫然。不管自己怎麼努力，結果都不可能精確，這是奧吉研究地圖以來醒悟到的一點。我們是不可能透過地圖掌握生活軌跡的。奧吉原本覺得沒有地圖就無法了解這個世界，現在他卻懷疑，如果只透過地圖，又如何能夠完整表現出這個世界的全部？

但研究地圖仍是有意義的。有人努力把這無法精確掌握、甚至連線都看不到軌跡的真實世界變成一張有實質空間的地圖。有時也正是因為這樣，而讓地圖研究變得微不足道，也因為無法精準去了解，也無法確實分析，同時，也會因為自身的政治意圖或偏見，造成分析結果跟著有所不同。這麼看來，跟我們實際的人生也沒有什麼太大不同。但是，透過失敗的地圖，至少能讓新的地圖改善得越來越好。在這一點，至少比起實際的人生好多了。人生如果失敗，只會一直累積失敗，並不會使得人生更好。

奧吉運用自己的專業，深入研究可以活用的方案，提供Google地球與所有網路入口網站地圖的服務，地圖應用程式的快速擴散受到矚目。尋求地圖應用程式的同意，使用裡面的內容撰寫專欄及進行演講。古代地圖雖然沒有帶給奧吉任何利益，但在與Google地球合作之後，就像打開了通往外部道路的大門。

演講時，奧吉引用美國地理學家瓦爾多．托布勒的話，「地理學的第一定律，就是雖然所有事物都與其他事物有連結，但近的會比遠的更加緊密。」不過奧吉引用這句話跟瓦爾多．托布勒講這句話時的意圖無關。他開玩笑地如此引用，是要表達對自己的家人好一點，也要忠於自己的妻子或丈夫。在演講的最後，他冷笑著斷言，「地圖是絕對沒辦法呈現出世界的真實面貌，因為這是不可能的。簡而言之，世界上沒有一張地圖是正確的，未來也不可能會有正確的地圖。」

第一場演講結束後，對於演講時那些單純又理所當然的內容與口氣，過於自信的態度，奧吉感到有些難為情。但幾天後他才發現，那樣的語氣反而會讓聽眾覺得他演講的內容值得信賴。

當其他同事對於奧吉將大部分精力集中在校外活動與演講上不太高興，他也不多做解釋，安慰說，自己都已經超過四十歲中半，這樣是理所當然的。但他也因此意識到自己的年齡。

想到四十多歲，他最先想到的就是自己的媽媽。因為媽媽在四十多歲時決定親手結束自己的一生。而爸爸也正是在這年紀，於公司也占有一席之地，同時努力打拚自己的事業，日日在外四處奔波。換句話說，四十歲是個重要的分水嶺，要不是已經適應、融入這個世界，就是完美地成為一個失敗者。奧吉當然想要成為前者，想要完美且成功適應這個世界。

為了克服自己的慚愧之心，他總是會想起妻子念給奧吉聽的許延的詩。這首詩寫了這樣的句子，「所謂的四十歲，就是一個不管套用什麼罪名都相當適合的年紀。」每次只要想到這句詩詞，他就會稍稍感到安心。在這世上，不是只有我這樣自私自利，而是只要到了這個年紀，大家都是一樣的。奧吉如此安慰著自己。

不久前，奧吉還去找了那首詩，想寫一篇關於四十歲的男人追求世俗名利、如此劣根性的專欄文章，在文章的開頭引用這首詩。奧吉把妻子書架上許延的詩集全拿出來，仔細翻閱那一本又一本的目錄。但所有目錄上都找不到有「四十歲」或「不惑之年」為題的詩。

這不可能是他的錯覺啊，他明明就和妻子一起讀了那首詩，分享彼此的想法，那時的場景印象仍舊鮮明。有句話是這麼說的：「三十崔勝子，四十是許延」，最能表達三十歲茫然孤寂的是詩人崔勝子，而完美捕捉四十歲之墮落的詩人則非許延莫屬。那麼，最能表達五十歲的詩人是誰？妻子當時這樣追問，但一時之間兩人腦海中沒有立刻聯想到的合適人選，所以隨意講了好幾個詩人的名字，做出討論，還開玩笑地說，五十是個知天命的年紀，還要詩做什麼呢？

奧吉把許延的詩集全讀了一遍，終於找到那首詩了。在那首詩裡，不僅詩名沒有包含四十歲這個詞彙，連內容都沒有提到四十歲。可能是因為當時奧吉一聽到這首詩，就猜想詩人的年紀大概四十左右……原來只是自己的推測啊。奧吉感到有些驚慌失措。第一次聽到這首詩時，他理所當然覺得這當然是在講四十歲。

奧吉原本「套用所有罪名都適合」的想法，詩中並沒有特別明確定義是四十歲。只是，四十歲就是個符合所有犯罪條件的時期，這裡指的條件有兩個，一是擁有太多，或是什麼都沒有。也就是說，四十歲時，因為擁有權力或見不得人好的心態或憤怒，將會很容易犯下惡行。擁有權力的人，因為過於傲慢自大，會輕易犯下惡行；而憤怒、見不得人家好的情緒容易挑動自尊，讓人感到屈辱，剝奪惻隱之心，往往以正義之名包裝、掩飾自己的行為。不當利用自身力量的四十歲中年人，可能成為一個光鮮亮麗、有錢又勢的社會成功人士。憤怒又見不得人好的四十歲中年人，則在社會無法立足，成為失敗者。也因此，四十歲是顯示先前人生結果如何的重要時機，也是預測人生未來走向的重要分水嶺。勝者為王，敗者為寇。

如果硬把四十歲分成兩種，奧吉應該比較接近前者。在有意無意之間，擁有的東西越來越多，也更貪心，想要獲得更多。不僅如此，更毫不遮掩地運用心眼與手段獲取自己想要的一切，並對此一點也不感羞愧。他漸漸對這樣的人生感到安穩，有時也不太想有任何改變，更不想失去手中擁有的任何一樣東西。他曾經在心中批評著那個只知道追求成功的爸爸，如今他也以相同的信念與價值觀生活著。

奧吉有時會緊握著拳頭，有時根本沒意識到自己這樣，使勁握緊雙拳好長一段時間，手掌越是發紅，總要把使力的手掌握緊又打開，如此反覆數次。他這麼使勁地握緊雙拳究竟是要抓住什麼？不用多想，那一瞬間總有許多事情浮現在腦海。

雖然奧吉從來沒這麼想過，但不禁擔心妻子會覺得她很失敗。妻子總在想要前進的道路上遇到挫折，想做的每一件事都不成，幾乎沒有體驗過因才能而獲得成就感。即便如此，如果能夠覺得人生美好，好好享受那也就罷了，但是不知曾幾何時，妻子變了。她不再和朋友見面，也不出去外面學習新東西，也不再說自己想要變得跟某位名人一樣，更不將某人的照片放在皮夾中隨身攜帶，就連說要寫什麼作品這種話也不再掛在嘴邊。她不像以前那樣看很多書，只會偶爾拿著《KINFOLK》或是園藝等雜誌看看。有時妻子來到客廳，會用一種「這裡是哪裡？」的眼神環顧家中與庭院。回憶起當時妻子的眼神，奧吉思考，或許她是為了填補空虛的心靈才沉迷於花草的世界。

——但也可能是完全不同的原因。或許，她只是想從奧吉那兒把庭院搶走也說不定。如果從妻子開始裝飾庭院、栽培花草的時機來看，這個推論也不無可能。

奧吉和同事在庭院裡一面喝酒，一面笑鬧，天南地北聊個不停，直到深夜，而且還約了下次聚會。就在那次聚餐結束後，妻子就著手開始改造庭院，變成只屬於妻子的小天地。

那些聚餐的同事都是差不多時期一起進入研究所就讀的。有系上教授的M前輩，和奧吉一起經歷研究所生活的K與J，也一同來了，還有自己的學生S。K是學校前輩，學校聘請奧吉時，K也參與了招聘的面試，但最後是奧吉錄取，K落榜。J是一起做研究的後輩，S則是奧吉在校教書的第一位助教。

那段日子，奧吉和他們一起感受對未來的茫然不安，彼此好奇及感興趣的事物也都大同小異。進入研究所後，大家雖然對於選擇念研究所的決定感到後悔，卻也覺得既來之、則安之，常常一起喝酒喝到醉醺醺。那是一段對未來沒有希望、友情卻盎然滋長的時期。不管前輩後輩，大家不分年齡成了朋友。但是現在不同了，彼此交心的瞬間已然流逝。儘管如此，奧吉依舊跟大家相處得很好。

妻子很久以前就看過這群研究所的朋友。如果和他們見面，彼此也不會感到陌生，也相處融洽。那日的庭院烤肉派對也是妻子一手包辦。在遮陽傘下放了一張大大的柚木桌，妻子坐在那邊，與其他朋友自在聊天、一起烤肉。奧吉也在一旁幫忙。桌上一有空碗盤，就會趕緊拿去廚房，再裝滿食物端上來。

奧吉費心想讓大家覺得，招待朋友來這間房子聚會不是在炫耀，因此像在宣揚什麼似的嚷嚷，因為買這房子欠了銀行多少錢，每個月又要還多少利息，買了馬上就後悔之類的話。

雖然時間還不算晚，但後輩J已經不勝酒力，搖頭晃腦地喝醉想睡覺。M和K兩人聊天聊得正起勁，似乎沒有要停的跡象，所以奧吉先把J攙扶到客廳，讓J躺在沙發上，到冰箱裡拿瓶紅酒回庭院。這瓶紅酒是幾天前去百貨公司配合M的喜好選的，是散發濃濃丹寧香氣的法國紅酒，雖然超出了負擔範圍，他仍硬著頭皮買了幾瓶回來。

除了J以外，所有人都沒醉。妻子沒醉，其他人也沒事。眾人沒有大聲爭論，沒有辯得臉紅耳赤，沒有大笑喧譁，也沒有特別談什麼話題，只是一邊細細品嘗著紅酒，輕聲細語、天南地北聊著天，度過夜晚的美好時光。這是一場令人心滿意足的聚會，也是成功的派對。

可是妻子似乎不這麼認為。第二天，妻子看起來心情相當不好，不斷大發脾氣，為一些微不足道的事情跟奧吉吵架。他安撫妻子，告訴妻子那些擔心的事情絕對不會發生。

妻子有時就是這樣，雞蛋裡挑骨頭，抓住一點小問題就把事情擴大，想成最糟糕的情況，誇張成一定會發生。這種時候，她的態度就會變得相當尖銳，不可理喻又神經質，只相信自己腦海裡所想的，而且覺得那才是真的。不管奧吉說什麼都聽不進去，也不肯相信，還指責他說謊騙人，一副就是要等著看奧吉承認說謊的架勢。如此這般發了一頓脾氣、大鬧一場後，過沒多久她又會道歉，怪自己把事情想得太過誇張，並且約定以後盡量要往好的方面想。

奧吉倒是覺得無妨。雖然有點不開心，但沒有真的生氣，反正妻子也不是總是那樣想，所以就算了。

妻子把庭院的土都翻了翻，將自己能踩到的土地盡可能都翻一次，也把枯死的植物根莖全整理掉、拔掉，大部分土地也都挖鬆。即使這樣，妻子仍然感到不滿意。簡單的耕種前置作業結束後，就到賣種子的地方買了些植物的種苗回來種植，可是沒過多久植物就死掉了。

於是妻子變得更加認真鑽研園藝。她買了些園藝的書回來，仔細讀這些書，一天到晚待在庭院裡，參考專家說的話，做了好幾張庭院設計圖。等奧吉去上班，也不管那天有沒有太陽，她會戴著一頂有著大帽沿，能遮住半張臉的戶外工作遮陽帽，套上結實牢固的園藝用手套，脖子上掛著一條毛巾，手臂則有防止紫外線曝晒的黑色袖套，加一雙工作雨鞋，在庭院裡鬆土。即使奧吉下班回家，妻子仍跟他去上班時一模一樣，完全沒有改變。只是比起早上沾了許多的土，衣服也變得比較髒，那樣坐在庭院裡。頂多就是去了種苗商那兒，或是良才洞的園藝花店。除了買鏟子鋤頭外，還買耙子、鎬頭、高枝剪、樹木支架、綠化麻布等工具，每次她都會跟奧吉說明工具的用途。

奧吉要妻子把庭院的事情交給園藝專家負責就好，但妻子不願意，所以他什麼也不管，袖手旁觀，只有在妻子說想要買覆蓋庭院的土壤時，搖搖頭說。

「我們是買房子，不是買花店啊。」

他希望能讓妻子知道自己不是很高興。

「因為土裡沒有蚯蚓啊。」

妻子回嘴道。

「蚯蚓？」

「這裡的土都是死的，是連一條蚯蚓也沒有的土壤啊，土壤裡一定要有蚯蚓才行，有蚯蚓的話，不管什麼植物都可以種活。而且，我們家的土裡……」

講到這裡，妻子不禁噗嗤笑了出來，但奧吉猜想她接下來要講的話鐵定也不怎麼好笑。他果然想的沒錯。

「……有一股阿摩尼亞的味道，就好像有老人家來這裡偷尿尿一樣，尿騷味。」

奧吉皺起眉。如果是妻子熱中的事，不管是什麼他都想要支持她。雖然妻子擁有才華，做什麼事情卻只是徒勞無功，從來沒有獲得任何成就感，也聽了太多冷嘲熱諷與挖苦諷刺，這些讓奧吉感到相當可惜、不捨。在過去的日子裡，他不斷精進自己，擴展事業領域，然而隨著時間流逝，妻子卻只剩下獨自一人。越是想起年輕時的妻子，他越對現在的妻子感到惋惜不已。

即便如此，妻子總是曲著身體窩在庭院裡一直挖，只是要確認土壤有沒有阿摩尼亞的味道，或找有沒有蚯蚓。一想到這些，奧吉心裡就不太舒服。雖然妻子只是要確認土壤是否健康，但只要想到妻子講到土裡沒有蚯蚓時的神情，聯想到老人來這裡偷尿尿的場景而嘻笑，不知怎麼，即使這麼用心打造的居家環境也使奧吉覺得噁心。

最後，在妻子的堅持下，他們還是買土回來，並把庭院的地全都翻鬆，將表層的土和深層的土混合，讓土壤裡的空氣可以流通。挖一鏟深的土，立刻倒到之前挖的位置填滿。

以玄關為中心，右邊主要栽種的是灌木及漿果類植物，左邊則種植一些花與草本香料，是需要常常細心照料的植物。庭院最內側的地方弄了一小片菜園，可以種一些食用蔬菜。房子的兩側種了樹木，玄關前面是百日紅，右側是將原本在庭院裡的兩棵白木蓮樹木移植過來，左邊種了樟樹。

從大門到玄關延伸過來的鋪石步道左右兩側種了多年生球根植物，像是番紅花、秋牡丹、彩葉芋、大麗菊、洋牡丹之類的植物。奧吉無法分辨這些花到底有什麼不一樣，因此一律稱為「花」。妻子為了這些花做了小小的標籤，但有時會遮住，不讓奧吉看到，故意考他花的名字。即使他知道自己的回答會讓太太開心，還是忍不住氣呼呼地回嘴。「為什麼連這個都記不起來？」而妻子總是看起來相當真心地回問。每次遇到這種時候，他就會在心中忍不住反駁，「為什麼要記這個？」事實上，他不管怎麼看都沒有自信分辨麥門冬和薰衣草，像是秋牡丹和番紅花這類花瓣，顏色、大小都差不多，對奧吉來說也相當難以區分，即使妻子曾告訴他番紅花的雄蕊是黃色的，秋牡丹的花瓣則是深紫色，對他來說兩種花還是差不多。

如果妻子試著告訴奧吉一些跟花語有關的話題，他就會覺得特別厭煩。花語不就只是報紙上會出現的「今日運勢」，一點意義也沒有的東西嗎？即使如此，妻子仍舊不厭其煩地對奧吉說，秋牡丹的花語是消失的欲望以及短暫的愛情，諸如此類。而奧吉會敷衍地點點頭，心中卻覺得妻子真是變得幼稚到令人無法忍耐，這種念頭盤旋在腦海，始終揮之不去。

第一年的整頓庭院可以算是失敗，但妻子並沒有如想像中那麼失望，還說要過幾年庭院才會真正完成。她總是黏在書桌前，努力修改庭院地圖，說總有一天一定會布置出英倫風格的庭院。什麼英倫風格庭院？是說由那些色彩鮮豔、不規則樹木組成的庭院嗎？每當奧吉待在書房，妻子就會端上英國產的紅茶，他會看見妻子的手，到處都是大大小小被剪刀割傷的傷疤，清晰可見，每隻指尖都有土垢，夾藏在指縫之中。她說，如果戴著手套整理、觸摸植物，指尖會變得遲鈍不靈活，所以盡可能不戴手套處理這些花花草草。奧吉只要一想到妻子用這樣的手洗米、煮飯、熬煮錦葵大醬湯或是豆腐鍋，就覺得倒盡胃口、沒有食欲。

假使他對妻子對園藝如此執著的原因無法理解，就會想想許久以前妻子想要成為記者的時期。那時她總是隨身攜帶奧里亞娜・法拉奇的照片，這麼一想，就可以了解了。或許，妻子現在是想成為塔莎・杜朵一樣的老人也說不定。可能她想要撰寫園藝相關的書，接著又會一如既往，連一本書都寫不出來。對奧吉來說，造成妻子不幸的主因就是這個。她想要成為某個人，卻會半途而廢，拋棄自己的夢想。

到了週末，奧吉在逼不得已下也會幫忙庭院的工作，而妻子會開心地指使他做這做那。對這些拔雜草並且弄得胳膊發熱變紅的勞動，他不一會兒就感到厭煩。妻子也會指責地問他是不是因為不想做就故意做不好。儘管如此，他仍和妻子蹲坐在庭院，與經過低矮鐵柵欄的鄰居打打招呼，覺得這樣也很不錯。雖然他從來沒有期盼著這種溫馨和睦的景象，但絕對曾在腦中想像過這種畫面：窗邊有著天竺葵或大大的土黃色花盆，裡頭種著草本香料植物。這也一定存在於腦海的風景之中。

「把裝飾整理庭院交給專家負責，妳去試試看其他事，如何？」

某天，奧吉這麼問妻子，她轉頭過來看著他的臉，表情沒有變化，平靜回問。

「其他事？」

「我的意思是其他值得花時間做、一些可以讓妳成長的事。」

「我已經過成長期了，植物才需要成長，人不用。過了某一個年紀就不會再成長了。」

「妳知道我不是在說那種『成長』，就是找出妳真正想做的事情……」

妻子打斷奧吉。

「的確是有東西會一直成長。」

「是什麼？」

「癌症，就算人類過了成長期，身體的癌細胞還是會一直成長。」

妻子噗哧笑出來。

「妳明明知道我的意思是要妳試著去做真正渴望的事。」

「我真正想做的就是這個啊！」

奧吉意識到自己犯了錯。雖然他沒有說「快點長大吧」，或勸她做自己這類空洞無用的話，但他馬上意識到自己犯了錯。因為世上最清楚奧吉多麼笨拙的人就是妻子。

奧吉決定不要管她了。不管她要弄庭院、要做什麼，都跟他沒關係，不管要花多少錢，他都可以讓步，因為妻子有這樣的資格，而對奧吉來說，他也有這個餘裕。奧吉決定尊重妻子的生活、興趣與選擇。事實上，這是他基於不想再管這些事情下的決定，但只有一件事他絕對無法讓步：那就是不能讓藤蔓類植物爬滿整個牆面。

即使對植物或是樹木沒有特別喜愛，有時仍會因這些植物，或是樹木對抗地心引力、逆向往上盎然生長而驚奇感嘆。可是奧吉打從心底不喜歡藤蔓類。藤蔓總會纏繞著籬笆或是柱子往上爬，如果周圍沒有籬笆或是柱子，就無限延伸、圍繞滋長，直到找出可以往上攀爬的東西。一旦藤蔓植物碰觸到任何物體的瞬間，就會立刻纏繞而上，這讓奧吉覺得很噁心。藤蔓的莖上有氣根吸盤，可以讓它們沿著圍牆或牆面攀爬，進而覆蓋整個牆面，有著令人害怕的強大附著力。就像不管在任何地方都能讓自己往下扎根，硬鑽入其中，再附著攀爬而上，看起來相當毒辣，不擇手段。

妻子跟奧吉說明解釋過好幾次，那是因為藤蔓的植物激素和吸附物體的吸盤部位是往相反方向生長分泌，才會讓藤蔓的莖往內側纏繞物體攀爬而上，跟什麼強大力量或是狠毒性格一點關係也沒有，這樣的生長方式對這類植物是有意義的。即使這種說明算是說得通，也挺有說服力，奧吉仍然對於藤蔓狠毒的本性感到噁心。

意外發生不久前，奧吉在房子後方牆壁發現了某種東西悄悄往上攀爬、滋長。一般來說，奧吉不會特別走到那邊。但那天與平日不同，他原本待在庭院，是為了要接通電話才會悠悠晃到那裡去。

發現牆壁上攀爬了藤蔓，卻因為在通話中而忍住了驚呼。那看起來像是金銀花的藤蔓，幾乎占據奧吉房子後方的整面牆。妻子在奧吉沒注意到的地方把這植物養得相當茂盛蒼鬱。與窗戶邊保留著一點距離的地方設置了支柱點，讓藤蔓可以沿著往上攀去，從房子的正面看不到藤蔓的莖葉。如果了解藤蔓那獨特而強大的生長力，一定知道它會很快地長到房子前方。但妻子應該是手腳很快，每次都趕緊修剪掉藤蔓。為此，奧吉覺得非常受傷，有如被妻子狠狠打了一記悶棍。

失去妻子照料的庭院，許多樹木、花草都已死去，只有房子後方的藤蔓仍然茂盛，強悍的附著力更是肆無忌憚，以一股可怕的氣勢延伸至正面來。每當有風從奧吉房間的窗戶吹入，都會看到常春藤大大的葉子晃動。奧吉不安地仰望那翠綠色的藤葉，彷彿再過不久，藤蔓就會侵吞蠶食整扇窗戶，將他的視野完全遮擋、吞噬。

7

他被客廳傳來的聲音從睡夢中吵醒，好像是幾個人嘟囔似地在小聲唱歌。因為想知道究竟是怎麼回事，奧吉呼喚看護，吹出兩聲長長的哨音。

「你起床了啊？」

走入房間的是丈母娘。今天的她聲音宏亮又爽朗，與平時總是小小聲的樣子不同。假使獨自一人待在奧吉身旁，更是連說什麼都聽不清楚，聽都聽不見。她與那時的模樣判若兩人。

丈母娘常會動了動嘴巴，好像在說些什麼，此時奧吉就會以為是在對自己講話，用眼睛看著她，數次與之四目相對，以這個方式回問「現在在說什麼呢？」但是丈母娘卻一次都沒有回答過，對於自言自語被人發現也並不感到不好意思。和之前相比，像今天這樣聲音聽起來有活力又爽朗，實在是好多了。

丈母娘與高采烈的樣子奧吉還是第一次看到。到現在才發現丈母娘還有各種自己從未見過的面貌，想必未來的日子裡也會繼續看到更多不同的面貌才是。

「欸，你知道今天誰來了嗎？」

奧吉靜靜待著，沒有做任何表示。

「你可別嚇一跳啊。」

除非死去的妻子重新回來，不然沒有任何事情嚇得了奧吉。

丈母娘把門打開後，一群人走進房間，圍繞著奧吉躺的病床。這些人一大清早就穿得像是要去葬禮，從頭到腳一身黑漆漆的西裝，手裡拿著皮革書封的聖經，個個帶著笑臉跟奧吉打招呼，看起來氣色都很好，眼神相當清澈明亮，通常一般人看到奧吉都會忍不住皺緊眉頭，把同情憐憫全寫在臉上。這是理所當然的。但這些人卻笑得非常開朗。

奧吉求救般地望著丈母娘。

「牧師來了呢，是為了幫你禱告才來的，你知道他們是從哪裡來的嗎？知道的話你可能會嚇到跳起來喔！」

丈母娘誇張的口吻使得那些黑衣人彷彿聽到什麼了不起的笑話，哈哈大笑了起來。

「因為驚嚇而起來可不行啊，必須受到神的恩惠再站起來，這樣才可以啊。」

其中一人這麼說道。他是個小個子，臉上始終掛著過度開朗且不自然的笑容。這位就是丈母娘口中的牧師。

牧師握著奧吉沒有感覺的右手。一開始，他握的是左手，但丈母娘提醒不是那隻手後，才又慌忙換握右手。這動作像是什麼信號一般，那些如屏風般團團圍繞奧吉的人們也握住彼此的手，丈母娘也在其中，兩隻手和其他人相握。

牧師閉上雙眼，開始為奧吉禱告。好怪，初次見面的牧師卻一副長時間看著他一路走來的模樣，禱告了好久好久。牧師說奧吉是個誠實又正直的人，一直致力於奉獻教育與研究，這世上再沒有誰能像奧吉一樣顧家又慈愛，真是主的子民最好的模範。他說發生在奧吉身上的不幸是神給予的最大考驗，希望他堅強地克服這個苦難，重新返回教育界，為社會、國家培養出更多傑出的學生，研究更多偉大的學問，使國家更加繁盛，神聖的天父啊，祈禱主能眷顧這個土地狹小卻珍貴的國家。

奧吉忍不住地睜開了眼睛，看到所有人都低著頭，喃喃念頌，甚至加入了祈禱國家發展的禱告詞。這群教友禱告時常常滿懷讚嘆地喊著「我們的父」，奧吉明知他們喊的「父親」不是自己的爸爸，但就是覺得心情不好。如果爸爸還在世，一定會用嘲笑的語氣對奧吉說，你這堂堂男子漢是在假裝自己很厲害嗎？看起來挺不錯嘛！牧師的禱告仍在進行，奧吉希望可以到此為止，於是刻意發出「咳咳」的聲音，可是牧師完全不理會，照著自己的方式繼續禱告。

終於，牧師喊了「阿們」。結束了禱告，圍繞在奧吉床邊的教友也跟著齊呼「阿們」，接著全部睜開雙眼，他也跟著用嘴型說了「阿們」。果然，他也跟著在禱告：他在祈禱這群人趕快出去吧！但這小小的願望並沒有實現，教友又再度牽起手，將手前後晃動，唱起聖歌。那是奧吉從沒聽過的讚頌聖歌。

丈母娘也和他們一起唱著，奧吉感到訝異且驚慌，丈母娘這麼熱中宗教，是最近才開始還是很久以前就信仰了呢？也可能是幾年前丈人突然辭世才有了宗教信仰也說不定。妻子說，自從丈人過世，丈母娘對自己的依賴變得相當嚴重，有時會覺得疲憊，也會不想理。妻子跟丈母娘通電話時，也聽到她說「拜託不要這樣」，或常對丈母娘說「不要」諸如此類拒絕的話。丈母娘這樣一天到晚打電話，有時妻子也會故意不接。關於丈母娘那段時間的狀況，妻子怎麼沒多說一些呢？

讚頌的聖歌持續唱到第四節，奧吉閉上雙眼。啊，好想念妻子，這想念無法言喻，畢竟唯一能停止眼前情況的人，也只有妻子。但是她再也沒辦法出現了。

一直到讚頌聖歌整首結束，他們才將牽著的雙手放開。不知道是不是因為一身黑漆漆，看起來就像來參加追悼禮拜的人，實際上搞不好真的是來參加追悼的也說不定。這群人一大清早就齊聚在奧吉家，可能不是他的緣故，而是為了離開人世的妻子。早上奧吉醒來聽到的讚頌歌，或許是為了緬懷妻子才吟唱的。

牧師將聖經打開，簡單吟誦著，其他人不斷點頭，或將雙眼閉上，仔細聆聽牧師說話。之後，他們又再次牽起彼此的手，前後擺動，又唱起了聖歌。讚頌結束後，牧師握著奧吉的手，簡短為他禱告。結束後，一聽到牧師說「阿們」，奧吉內心覺得感謝莫名，總算是結束了！

那群教友依序走出房門，丈母娘塞了個白色信封袋到牧師手裡，裡頭裝的是現金，奧吉看得相當清楚。他這才想到，自己從來沒有想過這段時間的醫療費用，以及購買這些醫療器具的錢是從哪裡來的。現在他很想知道丈母娘怎麼會有錢負擔這一切，她是用什麼方式領取奧吉和妻子銀行裡的錢？如果不是透過這個方式，這段日子來所有的費用，丈母娘怎麼有辦法負擔？也可能是妻子的死亡保險賠償金和他的意外保險賠償金……可是如果是這樣，受益者應該是他才對。丈母娘又是怎麼拿到這筆保險金的？奧吉對此感到十分好奇。

丈母娘送那些穿著黑色衣服的教友出去後，看護進來房間，一邊整理著房間一邊說：

「唉呦，這可要花多少錢啊！」

看護邊說邊把奧吉積了一整夜、裝得滿滿的尿壺拿了起來。

「是吧，那些都是要花錢的，雖然覺得可惜，但至少比找法師來好多了。我以前工作的那個家啊，每個月一定會找法師來做法一次。每次來做法呢……唉呦，真是不得了，又要做年糕、又要準備水果、還要買豬頭呢。符咒就像壁紙一樣貼滿了牆壁，符咒也是要錢的啊……我還看到那個法師踩在鍘刀上，四處灑白米，就像真的有鬼在聽他說話似的。踩在鍘刀上據說也不是很難，只要多多練習，誰都可以踩上去。比起這種做法事的方法，教會或寺廟要好多了，牧師或和尚都俐落簡潔多了，也不用準備任何食物，旁邊也不會有一些看熱鬧的人，而且也不會吵得要命，是吧？」

丈母娘把房門打開時，在旁說個不停的看護立刻閉上了嘴巴。她的表情好像還在回想剛剛的一切，心情看起來很好。

「這孩子做了很多好事，一定會有很多福氣。要見上一面都很難的牧師竟然特別來到這裡，親自為他祈禱，真的很有福氣啊，實在是天大的恩惠啊！」

「喔，看來真的是相當有名的人呢！」

看護一邊洗著尿桶，一邊大聲嚷嚷。

「不說妳還不知道！這位牧師可不是普通的靈驗，妳都不知道我費了多大的苦心才請他來家裡，在這位牧師按手禱告之後，治癒的癌症病患可不只一、兩個呢！」

丈母娘邊說邊提高自己的音量。

與奧吉的猜想無異，那些人果然是從祈禱院或修道院來的，絕不可能是一般教會的牧師。

「已經跟牧師約好了，以後會常來，為我女兒和你祈禱。」

奧吉看著丈母娘，眨了一下眼睛。

拜託千萬不要！今天的禱告就已經很夠了。

「嗯，知道了知道了。我已經幫你跟牧師充分轉達謝意了。儘管如此，還是得試試看啊，不然還能怎麼辦呢？」

奧吉將眼睛瞪大，想讓丈母娘知道自己生氣了，他想告訴丈母娘不要再做這些沒意義的事。他需要的不是禱告，而是每天定時復健，否則不如趁早放棄一切。

「妳說的那位牧師是從哪裡來的？」

看護問道，丈母娘因為有些興奮激動，音量也大了些，與看護說起這位牧師的事。

丈母娘說，這位牧師的祈禱院並不特屬某個教派機關，而是一群共同相信著神的旨意的人，聚集在一起組成聖經讀書會。奧吉必須強壓下想要質問「神到底是有什麼旨意」的心情，反正，丈母娘也不能理解他想要講什麼。就算是在能溝通的情況下，他也沒自信敵得過丈母娘冷靜又冗長的說明攻勢。

找個來歷不明的宗教團體來家裡祈禱、聽聖歌，就得繳交一大筆奉獻金，奧吉認為真是非常可惜又浪費錢。雖然丈母娘沒有確切交代錢的來源，但想必都是奧吉的錢吧。這段時間好不容易攢下的錢，在不知情下經由丈母娘一點一滴流向來路不明的宗教團體，一想到這裡他就覺得怒不可遏。

長久以來，奧吉透過「拯救兒童基金會」或「聯合國兒童基金」長期捐助第三世界國家的兒童，如果聽到管理階層貪汙或是侵占等負面消息，就利用間接的方式持續捐款。長久下來，救助兒童的捐款不曾中斷。反觀宗教團體、政治團體或是某些政治人物，卻從來沒有支援過。這些既不貧窮、不缺任何食物，也並非沒能力學習寫字認字的聖職人員或是政治人物，一點想幫助孩子的心也沒有。

這種時候能敞開心懷讓奧吉講出真正心聲的對象，除了妻子之外沒有別人。因為丈母娘而感到痛苦萬分的如今，他又能跟誰訴苦呢？妻子不在了，他只能獨自一人想著她。妻子一直覺得會有什麼事發生，時常想像最糟糕的情況發生在自己身上。以奧吉的角度來看，妻子總是活在想像會發生不幸事故的苦痛之中，誇大了現實生活中這些事實際發生的可能性，時常惶惶不安，沒有安全感。當她決心要做的事情總是失敗，便沉迷於照顧庭院花草樹木，漸漸失去了原本從容、沉著的個性。然而，即使是這樣的妻子，也沒猜測到他們的未來竟會發生這種事。

早上丈母娘來了一會兒又出去了，奧吉和看護兩人單獨待了一整天。丈母娘將廚房旁邊原本做為多用途室的房間整理出來，給看護使用，但可能因為與奧吉的房間多少有些距離，不管他怎麼呼叫，看護都不太容易聽到……雖然假裝沒聽到也是有可能。總之，這個看護動作慢吞吞，又不太會看人臉色，也不太像受過多少正式教育。雖然是通過丈母娘數次面試才錄取，總覺得不怎麼可靠，不僅如此，連照料的技術也相當生疏，像是一般的家庭主婦來兼差。

看護的話非常多，老對著奧吉講個不停，明明知道他根本沒辦法回嘴，還會擺明挖苦嘲笑地說：「反正老闆您也沒什麼話要講的吧。」或是「老闆您本來就很沉默寡言嘛。」一如此這般挖苦著奧吉。

假使連挖苦奧吉都讓她無聊，也不想一直自言自語，她就會開始打電話給別人。看護有時會在客廳拿著室內電話聊天，有時會用自己的手機。她和朋友通話的聲音都傳到了奧吉房裡，聽得清清楚楚。也因為這樣，他默默知道看護很多事。像是不久前看護跟了一個會，每個月要繳多少錢、跟會頭是什麼關係，又或是哪個親戚小孩要辦滿歲宴，她要準備什麼禮物去之類的大小瑣事。

其中，看護最常提起的就是她那已長大成人的兒子。她最常跟朋友講兒子小時候多麼聰明伶俐，不知何時整個人走偏，變得遊手好閒、虛度光陰、浪費時間，經常半夜不睡覺只顧著打電動……之類的。但如果是跟兒子通電話，語調就會變得完全不一樣，每每用哀怨懇求的語氣對兒子說，「求你不要再這樣了，拜託。」有時也會撒嬌般要兒子多想想媽媽，千萬別做壞事；有時候又會非常凶狠地拒絕兒子，就算他說快餓死了，她身上也是連一毛錢都沒有，不要妄想從她這邊拿錢。

看護講電話聊天的時間如果太長，奧吉就會吹吹哨子。決定使用這種呼叫方式的人是丈母娘，她給了奧吉哨子。通常吹個兩次看護就會來。

但沒有任何辦法可以叫一次看護就來，通常都要呼叫她好多次。奧吉覺得尿急、背或是頭癢，或者腿很痛、流了滿身汗，忍都不忍，會馬上吹哨子呼叫看護，就算不是身體不舒服，奧吉也會吹哨子。例如覺得看護講電話講太久，她講電話時要兒子不如去死，又或是苦苦哀求兒子一些什麼，這些時候，奧吉也會吹哨。又像是不曉得看護在房間裡做些什麼，一點動靜都聽不到，或是聽到看護一個人吃飯的聲音，他都會吹哨。畢竟這就是哨子的用處，居家看護本就該隨時隨地照顧奧吉才是。

類似情形總是一再發生，看護永遠這樣慢吞吞出現，走進房間又嘻皮笑臉地說「老闆啊，到底有什麼事要一直叫我來啊？」然後直接把奧吉那件只有前面用繩子綁住的褲子繩頭解開，完全沒有要了解一下為何叫她來的原因，問也不問，直接拿毛巾擦拭他的鼠蹊部。那條毛巾感覺溫溫的，究竟是因為水溫，還是看護把這條毛巾像抹布一樣拿來拿去，看到地方就擦？真正原因不得而知，所以奧吉每次都皺緊眉頭。

她會將扁平的排便桶放在屁股下，如果奧吉有照她意思排便，看護就會稱讚說，「哎喲！好棒喔！」假使有把流質食物統統都吃完，也會像是稱讚般摸摸他的頭。奧吉對這些言行舉止感到相當不舒服，看護把自己當小孩子看，也令他相當憤怒。

看護一天會幫奧吉翻兩次身，接著幫他擦背，為了避免他長褥瘡，也會擦乳液，並徒手幫他進行長時間的按摩。從脖子開始，背部、臀部到腿和腳，全部按壓過一遍。看護幫奧吉按摩全身時，都會帶著不懷好意的微笑，與之前像是對待小孩般的方式完全相反，看護有時候會輕輕拍打他的屁股，甚至有意無意碰觸他又黑又萎縮變小的生殖器。她是故意這麼做的，而他只能發出旁人無法理解的聲音，表達自己的抗議。

幫奧吉按摩完身體後，看護會俯下有些豐腴的身體，貼近他身體上方，整理床鋪。從另一個方向整理明明比較容易，何必硬要用這樣不方便的姿勢呢？當她壓低上身，隨著動作而晃動的胸部有時也會碰觸到奧吉，她偶爾甚至連胸罩都沒有穿，只穿無袖背心，乳頭痕跡明顯露出。當她穿著這樣的衣服伸直手臂，腋下濃密的腋毛全都看得一清二楚。不僅如此，還傳來潮溼酸臭的汗臭味，但看護對於自身的汗臭或奧吉身上的味道卻好像一點都不在乎。

剛開始，他還需強忍怒氣，之後卻也無須忍耐了。因為他的身體已經好久沒有被別人碰觸，他克服了一開始的不愉快。那具偶爾輕撫過自己身體的身軀，如果可以碰觸到，應該可以感受柔軟與溫熱血管的觸感。碰觸時，如果能夠獲得因被驚嚇而蜷縮一下的反應，那就更好了。奧吉從沒有對豐腴微胖的身材動心過，現在卻覺得輕輕壓在自己身上、那有些沉重的重量滿不錯的。

但就只有這樣了。奧吉不會觸摸看護，更不會愛撫她，這當然也是因為他無能為力。吸引著奧吉的，只是因為那是一具真正「活著」的血肉之軀，而不是因為那是充滿魅力的女人身材。奧吉唯一能做的，僅是聞著看護的味道，一個活著的人會有的味道。像是沾染汗味的頭髮、隱約傳來的洗髮精氣味、腋下的氣味、衣服上的洗衣精，各式各樣「人」的氣味，而自己身上的汗味與尿臭則是屬於完全不同的另一種味道。

光是味道就足以令奧吉興奮。看到看護大大的乳頭明顯凸出時，她輕輕按壓奧吉時，看到頸子後方靠近背部露出柔軟白皙的皮膚時，髮量不多、燙得捲捲澎澎的髮梢，因脖子微微出汗而貼黏在頸線上時。這些時刻都會讓他興奮。

以前能夠誘惑奧吉的絕對不是這些。他從前擁在懷中的都是嬌小又纖細的女人，他最喜歡的身體構造之一，就是特別突出的關節，或看起來弱不禁風的纖細骨架。如果摸到由薄透的肌膚凸顯出的骨架，就好像能輕易將這個女人完全擁入懷中。

而現在的他竟被與從前喜歡的類型完全相反的女人誘惑，奧吉對這樣的自己感到相當悲哀。他不是為了女人的香氣，竟是因日常生活中習以為常的味道感到興奮；不是因為富有彈性的緊緻肌膚與身材，而是鬆弛泛黃，還有些臃腫的微胖身軀。這些都令奧吉感到悲哀萬分。他竟因為這樣的肉體被誘惑，實在是生平第一次。

8

漸漸，丈母娘來訪次數越來越頻繁。也才沒過多久，就把他的家當成自己家一樣進出，理所當然一聲不吭就來的情況也越來越常見。那天也一樣。原本待在自己房間的看護因為聽見丈母娘打開玄關門、走進屋裡，才急急忙忙從房裡出來，奧吉聽見看護匆忙關上房門走到客廳的聲音。

奧吉沒有將這段期間看護的行為告訴丈母娘。如果他真想揭發，雖然有些困難，仍可用左手寫出幾個字。可是，如果以這種方式告狀，批評看護的行為，他又會覺得自己很卑鄙。

不過，其實這些都沒關係——如果不久前看護的兒子沒有開始在這裡進出的話。一開始，看護的兒子是在奧吉不知情的情況下悄悄進出，可能是為了看能從媽媽那裡要到多少錢，順便吃完看護準備的飯菜，再偷偷溜出去。偶爾他沒那麼快離開，但至少會盡量不讓奧吉發現，假裝從來沒有人來過。

但看護的兒子是個不懂事、輕率冒失又沒禮貌的年輕人。不知道是不是覺得這樣安安靜靜行動有損自尊心，某一天起，他變得不在乎有沒有人聽見，總是發出很大的聲響，甚至就這麼走進奧吉的房間。

不久，從小憩中醒來時奧吉嚇了一大跳，大聲倒抽一口氣：有個頭髮剪得短短，有著深古銅色肌膚的男人直挺挺地站著，面無表情地俯視奧吉。他穿著一件藍色垮牛仔褲，上衣是印有「I AM YOUR FATHER」的黑色T恤。

見奧吉嚇了一跳，年輕男子咧嘴一笑，豎起食指，靠在脣前，像是在告訴奧吉「這是祕密」一般，之後就離開房間。奧吉聽到看護斥責年輕男子為什麼要進那房間，而男子說「他不是沒辦法說話嗎？」接著便是看護低聲的嘮叨碎念與謾罵。

奧吉很生氣，用力吹了哨子。通常吹兩次看護一定會來，但是這次與平時不同，看護並沒有過來。奧吉又再吹了吹哨子，他吹了好幾次，一直一直吹。他不想再忍耐了，這次一定要讓她知道自己有多麼生氣。

門突然猛地打開，但開門的人不是看護，而是那個年輕男子。他和看護長得一點都不像，雖然骨瘦如柴般纖瘦，看起來並不體弱多病，反而頗為強勢，應該是勞苦奔波、受盡許多折磨所以才會如此。他留著超短的平頭，外加晒得黝黑的臉，看起來就像阿兵哥……搞不好真是剛退伍的軍人也說不定。

「媽的！靠！大叔啊！你以為這裡是軍隊集合嗎？幹麼一直吹哨子叫人過來啊？」

年輕男子用腳踢了踢奧吉躺著的床鋪，他生氣地狠狠怒視他。年輕男子又猛然「刷」一下將奧吉的被子掀開，更過份地用腳踢了他毫無感覺的腿，他的腿就像棍子那般左右晃動，而看護就只是袖手旁觀，在旁冷眼看著這一切，一副無能為力，卻似乎又透露出些許開心。看護望著奧吉，即便有些難為情又過意不去，卻沒有任何想阻止兒子行為的意思。

「大叔，如果我拿這個哨子對著你吹，命令你起來又躺下，你會覺得爽嗎？我問你，你開不開心啊？」

年輕男子將哨子從奧吉那裡搶過來開始吹。起先只是在原地站著吹，接著對著奧吉的耳朵吹，持續不停。如果看護後來沒有強行把他拉出去，搞不好他的耳膜會破掉也說不定。

「欸，大叔，有話用講的知道嗎？從現在開始可以有點禮貌用說的嗎？」

年輕男子一邊被拖出房外一邊大聲吼叫著。

這種孩子大概從來沒有體驗過什麼是恐懼。如同奧吉在學校講堂遇到的學生，都是在接受良好教育的父母羽翼保護長大的孩子，飲食無慮，營養健康，各方面身體發展也相當均衡。學期末申請若對成績有異議，偶爾會大聲吼叫，但大體上仍是順應體制，保守又穩定的孩子。看護兒子是有些無禮粗鄙又沒教養，但他看過這樣的孩子。

奧吉回到家中，第一次這麼熱切渴望丈母娘趕快來。他萬萬沒想到躺在自家中，竟然還要恐懼著他花錢請來的人，甚至覺得既危險又沒有安全感。奧吉這時才徹底體會到，自己唯一的家人只剩丈母娘，也到現在才開始害怕，如果有一天被拋棄該有多麼不安。

雖然希望丈母娘可以來，但希望她不是在只有看護的時候來。丈母娘該趕走的人是看護的兒子，不是看護。

丈母娘進入奧吉家時，因為看護那手忙腳亂又不自然的舉動，似乎也看出些端倪，不管看護在後面怎麼阻止，她還是強行進了看護的房間。沒多久，奧吉聽到一陣混亂的騷動，丈母娘發出歇斯底里的尖銳怒吼，他真不敢相信那是丈母娘發出來的。同時，他也聽到了看護的哭喊。

不久，在狹窄房內吵完架的兩人來到客廳，奧吉才聽清楚內容。丈母娘似乎情緒非常激動，大聲指責看護是個手腳不乾淨的小偷。而抵死不承認、說一切都是誤會的看護，語調聽起來是如此懇切而急迫。

「這真的不是我偷的，是老闆送給我的，是真的啊！是老闆叫我拿的啊！」

看護的辯解像是火上加油，使丈母娘聽了之後更生氣。她憤怒地逼問看護到底做了什麼，竟然可以收到禮物？

「妳知道這個東西有多貴重嗎？絕對不是妳這種人能夠擁有的！」

聽到這句話的看護突然態度一百八十度大轉變，語氣凶狠地回嘴。

「我怎麼可能知道這要多少錢？妳自己不會進去問問那個殘廢嗎？妳去問那個殘廢這東西到底多少錢啊！」

聽到這樣的對話，他受到非常嚴重的衝擊。即使他也知道這身殘疾要治癒的機會很低，也知道總有一天會變成「殘廢」，但這麼直接且毫不避諱被稱做「殘廢」，可是第一次聽到。但比起看護的話，丈母娘的言語更深深刺傷奧吉的心。

「妳看看妳，就是這麼粗魯又沒水準，所以這輩子只能跟這樣的殘廢度過。」

奧吉閉上雙眼，內心多麼希望自己和這一切都無關，這些謾罵，歇斯底里、辯解與謊言、手腳不乾淨的小偷，這些與他一點都不相稱啊！他不需要經歷這樣的生活啊！雖然試圖這麼想，卻一點幫助也沒有。

丈母娘猛然將房門「碰」一聲用力打開。走進房間後，將一枚小小的戒指放在奧吉眼前。

「你給我看清楚了，給我仔細看！」

奧吉閉上雙眼，丈母娘馬上抓住他碎裂的下巴，要他睜開眼睛。她緊緊抓住、用力搖晃他的人工下顎，使他感到劇烈疼痛。但她沒有鬆手。奧吉覺得，不管再怎麼生氣，丈母娘都不該這樣不顧忌自己的傷勢，這實在太過分了。

「那女人說這是你給她的？你給我看清楚了。」

眼前出現一枚鑲著藍色寶石的戒指。啊，下巴好痛，痛到眼淚都要流下來了。可能是看到奧吉痛到眼睛泛淚，她才鬆手放開奧吉的下巴。他的下巴整個火辣辣地劇痛著。

看護來到家裡之前，丈母娘已將家裡大致整理過。主要是將妻子在家中四處亂放的貴重珠寶和首飾之類全都收好，放在一個盒子裡。她把盒子拿給奧吉看，並且把裡面的首飾全拿出來，攤放在手心。妻子的珠寶首飾相當多，有的是別人送她的禮物，有些應該是她自己買的，其中也有奧吉買給妻子的。但是，他也沒辦法區分那些首飾到底有什麼不同。丈母娘說其中一條首飾價格不斐，十分珍貴，還特別拿出來給奧吉看，但是他根本記不起到底是哪一個。

奧吉朝丈母娘眨了眨眼，持續不斷地眨。雖然脖子已經能夠稍微左右晃動，左手臂也動得了，即便如此，他仍像剛從昏迷狀態清醒時一樣，一動也不動躺在床上，只有眼睛不斷在眨，同時，也因丈母娘不管怎麼威脅，他都處於無法言語的狀態。不過至少不用辯解些什麼，因此讓奧吉有些安心。

「我就知道是這樣，妳立刻給我滾出去！」

丈母娘憤怒地大聲吼叫，奧吉有些驚嚇，身子蜷縮了一下，還以為丈母娘連他都要趕出家門。

「哪來這麼大膽的小偷，竟敢在大白天工作時間喝酒，亂發什麼神經啊！」

丈母娘指著看護的鼻子大聲斥責。

「這殘廢的王八蛋是在誣賴誰是小偷啊！」

看護朝著奧吉的方向衝進房間，抓住他兩條毫無知覺的腿用力搖晃。

如果腿有感覺，被看護那強勁有力的雙手抓著一定會非常痛。但奧吉什麼感覺都沒有，所以他一動也不動，腿部就連晃動都感受不到。奧吉的身體堅強地熬過謊言、狡辯與誤會，雖然無妨，心情卻很糟糕。他已經歷過一次嚴重的意外，以為這次的苦痛可以抵銷未來生活中的一切折磨。但發生重大意外之後，和一般的平凡生活卻沒什麼兩樣，謊言、誤會與辯解，仍存在於生活之中，這麼延續下去，這真是太奇怪了。

喝酒的其實不是看護，是她的兒子。那人一開始只是在狹窄的看護房內小心翼翼地偷喝酒，不久，竟毫不遮掩地在客廳裡喝。要是喝醉，就大聲唱歌，不停跟看護抱怨這個、抱怨那個，或是不知道打給誰，跟對方大罵軍隊前輩。有時又會嗚嗚哭泣。哭完之後，又帶著滿身酒味走向奧吉，用那張黝黑的臉龐上一雙吊兒郎當的雙眼對著他打招呼。

「大叔，對不起。」

還非常恭順地鞠了個躬。

「對不起，我全都喝光了。」

再次鞠了個躬。

「他媽的實在太好喝了，所以我才會喝光啊。」

有時看護的兒子會用毛巾沾一點酒放在奧吉脣上。第一次，他緊閉自己的雙脣，不想屈服於年輕男子的戲弄，可是那孩子仍不放棄，拿著沾了酒的毛巾一直塞往他嘴裡。他實在無法抗拒單一純麥威士忌的泥炭香氣。這是隔了多久才感受到的香氣啊！真是令人著迷！那孩子又再給奧吉一點，他索性伸出舌頭喝了一口。之後那人還用湯匙餵，甚至在杯裡放了吸管讓奧吉喝。雖然那孩子給的酒是瓶好酒，但不是最上等的。其實家中還有更多更好的，不知道是他沒眼光，不識好酒，還是可能也被他喝光了。

丈母娘再度走進看護的房間，把看護的物品全都丟到客廳。那些家當她兩隻手就能全帶走。丈母娘索性將玄關門打開，把東西全丟進庭院。奧吉透過窗戶，看著看護把被丟到庭院裡的物品盡可能塞進一個大大的行李袋中。

看護走了，奧吉再也沒辦法聞到「活著」的味道了，再也沒有人可以拿酒來滋潤自己的雙脣。他無法辨別到底自己是不開心或悲傷，這複雜的情緒充斥整個胸膛。為了不要產生這樣悲傷的情緒，只能想著被看護兒子喝掉的酒。那些可都是高檔的單一純麥威士忌，是自己在世界各地參加學會、研討會、旅行，費盡苦心好不容易收集來的呢。奧吉努力讓腦子只去想，啊，可惜了那些好酒。他努力讓自己感受著憤怒。

丈母娘一整個下午都在清理看護的房間，來不及帶走的就統統丟進垃圾桶，也到處打電話探聽消息，要雇用新的看護。但每家仲介公司都說，居家看護與計時型的看護不同，要聘請不是件容易的事。這種回答已經反覆聽了好多遍。

「不管怎樣，來了才會知道是什麼樣的人，不然還能怎麼辦呢？」

丈母娘看著奧吉唉聲嘆氣。

約晚餐時間，丈母娘離開後，家中只剩下奧吉，就如當初剛回到家那樣，他期盼的小小心願終於實現了。自從恢復意識，這是第一次沒有看護在旁陪伴，他還以為自己會覺得舒服又自在，可是並沒有。他只感到寂寞孤單、害怕、恐懼，這些感覺襲向奧吉。他費盡力氣吹著哨子，也只是徒勞無功，沒有任何人會回應他的哨聲，不會有人走進來查看，不會有人來挖苦諷刺，或折磨欺負自己，甚至對他大吼大叫、亂發脾氣的人也沒有，一個都沒有。

整個家裡黑黑暗暗，丈母娘似乎沒注意到這點，沒留幾盞燈就走了。奧吉心想，就算要節省，自己又能用多少？丈母娘也太吝嗇小氣了。不過也可能因為是第一次，所以沒有事先想到吧。庭院裡的燈一盞都沒有開，房間的窗簾如果能拉上就好了，可惜並沒有，奧吉只能看著窗外被藤蔓吞噬的一片黑暗。漆黑之中，晃動的藤蔓枝葉就好像有誰的手在那兒比劃，而他只能靜靜看著。

床頭櫃上閃著一股微弱的紅色亮光，原來是電話來了的提示燈。要不是房間那麼暗，根本不可能看見那微弱燈光在閃爍。電話鈴聲並沒有響，奧吉躺在房裡的這段期間，連一次電話響的鈴聲都沒聽過。也許是丈母娘或看護為了顧及奧吉的安全，把電話鈴聲關掉了。反正他也沒辦法接，這麼做也是情有可原。

看著電話，他突然有個念頭閃過。奧吉試著用左手摸索床鋪，找到看護放的不求人抓癢棒。這是為了讓奧吉的腿覺得癢時可以使用才放在那裡的。但他一次也沒有用過，之前如果想要抓癢，只要吹哨子叫看護來就可以了。

他拿著抓癢棒努力伸向電話，想看看能不能勾過來。好難啊，勾不到。握著抓癢棒的左手一下子就痠了。過沒多久，來電的燈光停止閃動，那小小的微弱紅光不再亮起。

奧吉沒有放棄，持續不斷努力往床頭櫃上的電話伸長抓癢棒，一點一點，將電話緩慢地往自己的方向拉，直到電話線拉長到不能再長。可是即使他用力伸直了手臂，還是摸不到話筒。

試了好幾次都失敗後，奧吉用抓癢棒的背面按了擴音按鍵，電話的信號音充斥整個房間，孤寂感似乎沖淡了些。但在聽到電話信號音後他卻有些猶豫，就算可以打電話，自己也沒辦法講啊，頂多就是發出大一點的喘氣聲罷了。不管，他還是決定試試看。不管什麼，都比什麼都不做來得好。

有一個人的電話號碼奧吉記得相當清楚。自從可以用手機儲存電話號碼，再也不用背別人的電話了。但是，唯獨這支號碼，奧吉不管何時都記得相當清楚。有好幾次，他從手機聯絡人名單把這個號碼刪掉，也曾做過某種程度上的努力，但維持不了多久。這個號碼實在太容易浮現腦海，輕易動搖他的決心。刪除不久，奧吉又會去打那支電話，打聲招呼似的短短問候一下對方，聽聽對方的聲音。但是那個人絕對不會先打電話給奧吉。然而他若打過去，那支電話號碼的主人每次都會接起。

他以抓癢棒慢慢按著電話按鍵。要正確按對十個數字需要一點時間，不過最終聽到了電話撥通的聲音。電話響了好久，對方接起。他心跳得好快。與受傷的身體不同，心臟依然堅守著自己的崗位，盡著職責。

「喂，你好。」聽到聲音了。不過是這麼簡單的一句話，只是個聲音，卻使他激動地快要流淚。真是太開心了，就像第一次聽到「我愛你」一樣。放下了不安的同時，他也感到十分悸動。「喂？」因再次聽到話筒傳來的聲音，他很想要講話，很想回應那句問候。而每次奧吉想要講話，就會發出有如機器的聲響。

這次，對方問道，「請問是哪位？」奧吉心急如焚，感到疼痛。好不容易發出聲音，也只是斷斷續續的單音罷了。他著急地想說出自己的名字，試了好幾次，電話的另一頭顯得相當安靜。他聽到對方帶著疑惑再問了一次是哪位，他只好閉上嘴巴。算了，不要再嘗試發出任何聲音了。他心想，不管再怎麼努力想要發出聲音，都只是徒然。但是至少可以再聽聽對方的聲音，只期盼對方不要掛掉就好。可惜的是，對方不再說話，不久就把電話掛了。

「嘟……嘟……嘟……」電話那頭傳來規律的掛斷聲，有一種與世上一切全隔離開來的感覺。比起聽到聲音之前，如今奧吉更覺加倍孤單寂寞。

不久之後，有電話進來，這次也一樣沒有聽到鈴聲，而是看到話筒下方小小的顯示窗閃爍微弱的燈光。感謝丈母娘，如果她沒有把燈都關掉再走，自己絕對不會看到這個微弱的光線。

第一次電話來時沒有接到，因為奧吉動作緩慢，無法如願接起。他的心情就像錯失求救訊號一樣。電話再次打來，奧吉暗自祈禱來電者能夠多一點耐心，並費盡千辛萬苦，好不容易按下了擴音鍵，接起電話。

對方什麼都沒有說，奧吉用盡全力，大聲想要說話。那聲音就像鐵片刮過地板。他感到氣喘吁吁，力氣用盡，又想起醫生說下次手術過後狀況會好轉一些，醫生還說，他會慢慢找回自己的聲音，雖然現在結結巴巴，但是再過不久就可以正常發聲。奧吉積極接受治療，只要能夠康復，他早已做好不管遭受什麼痛苦都可以忍耐的覺悟。

「是奧吉先生嗎？」

他聽到對方說出自己的名字。

嗯，是我。

奧吉費盡全力地回答，發出了像是「嗯」的聲音。他心想，如果對方能夠聽見就好了。

「奧吉先生？」

雖然對方好像沒有聽清楚，但似乎知道是奧吉。透過擴音器，那人聽見了安靜的呼吸聲，似乎也聽到了像是哭泣的聲音，奧吉感到一陣心痛。原來這世上還是有為自己哭泣的人啊。因此，他想更靠近聽哭聲，於是伸長了抓癢棒，將電話稍微拉近──可惜沒辦法。重複試了幾次後，電話掉下去了。

目前躺在床上的位置使他看不見掉在地上的電話，應該沒有摔壞，透過話筒仍然聽得到「喂？」的呼喊。但他什麼話都沒辦法說，過沒多久對方就掛掉了，只剩掛掉的信號聲持續著，但過了一段時間後也停下。房內似乎只剩更深沉的漆黑，與一片孤寂。

9

丈母娘到第二天的中午才來，穿著黑色衣服的教友也一起來了。打開房門的丈母娘第一眼就往地板看去，以詫異的表情望了奧吉一眼，將電話放回原本床頭櫃上的位置。奧吉的尿壺已經裝滿，所以丈母娘在其他教友進入房間之前先把尿桶清空，並用水沖洗了一下。對此，教友一齊稱讚了丈母娘，說這可不是誰都能做的事，真的是要非常了不起的人才可能這麼做，甚至還有人恭維地說，這是要像耶穌那樣神聖的人才有可能做的呢。

牧師握著奧吉的手為他祈禱，其他的信徒也互相握起手，唱著聖歌直到第四小節。雖然和上次的內容稍微不一樣，最後依舊以贊揚宣教做結尾。牧師說著耶穌的神靈降世治癒痲瘋病患者，也使半身不遂的人重新站起來，想要藉此安慰他。最後禱告結束，丈母娘馬上又拿了一個厚厚的信封袋給牧師。雖然奧吉希望牧師能夠晚點走，可惜不如所願，該做的事情做完後，這群教友又迅速離開，前往下一場祈禱會。

送教友出去的丈母娘重新回到奧吉房裡，拿起電話，他也聽到電話的訊號聲。電話似乎沒有壞掉。拿著話筒的丈母娘用相當疑惑的表情看著奧吉，按下一個電話的按鍵。

如果只按一個按鍵，會是哪個？大概是重新撥號吧。丈母娘斜眼瞟了奧吉一眼，用手蓋住話筒收音的地方。此時有人接起了電話，那人跟昨晚一樣喊著他的名字，哭得抽抽噎噎，還以為是他打來的。不知道對方到底說了些什麼。而丈母娘只是靜靜地不發一語，拿著話筒一直聽。

不久之後，靜靜掛上電話的丈母娘看著奧吉。他假裝想睡覺，將眼睛閉上，隨後便聽見丈母娘把電話線拔掉、把電話機整個拿出去丟掉的聲音。

那一天，丈母娘再也沒有進入奧吉的房間。尿桶裡的尿整個滿到溢出，流到地面上，在地板積了一攤黃色尿液，但奧吉沒辦法抑制自己不排尿。自從發生意外，他就再也沒辦法憋尿了。醫生說是因為運動神經受損，無法控制，膀胱容量也變小，所以只要內壓增加，就會經常排出。與尿道連接的管子裡那些澄黃色的尿液看起來就像點滴，一點一點慢慢流下。因為藥物，奧吉的尿液看起來更黃，尿騷味也更重。

丈母娘到了第二天才來。這次帶著一個很大的行李。丈母娘說，短期間暫時由她來照顧奧吉，她會先住在妻子當作書房使用的房裡。

對於那間房間，奧吉記得非常清楚，如果妻子不是在庭院，就是待在那房間裡，有時候也會在那裡睡覺。奧吉經常去打開那個房間的門，像是到了吃飯時間，妻子卻沒有準備好飯菜時、快遞員按電鈴卻沒有人去應門時，或是下班回到家，卻沒看到任何人時。在這些時候，他就會走到那間房間，打開房門。

妻子總是坐在書桌前。正面牆的前方有個大書櫃，裡頭擺滿許多書，早已沒有任何空間，如果有新買的要放到書櫃裡，妻子就會從書櫃中選一本書丟掉。如果喜歡的作家新出版的翻譯書上市，就從書櫃裡選一本厚度差不多的地理學書籍丟掉，差不多都是這種模式。奧吉盡可能不讓妻子有機會碰自己的書，所以總把自己的書帶去研究室裡放，要是真的沒辦法，得帶回去放在家裡，也一定會把書放在自己的書房。然而毫無疑問，一定會在資源回收桶裡發現他的某一本書——這甚至還是運氣好的情況。一般而言根本早丟掉了。

「放不下本來就應該丟掉舊的啊。」

如果奧吉挖苦地問妻子，什麼時候這麼懂得根據經濟能力和條件來過活，妻子就會這麼回答。這種時候她的目的只有一個，就是要激怒奧吉，讓他生氣，她有時候會故意那麼做。

那間房間中央有一張偌大的柚木書桌，為了等這張桌子，妻子足足花了三個月。她花了一個禮拜找遍位於城北洞的古董家具店，好不容易終於發現滿意的桌子，買下來。這張桌子的價格可是僅次於客廳沙發第二貴的，比起奧吉所有物品還要高價。奧吉問她，一定得買那麼貴的桌子嗎？妻子頂嘴說，這可是要用一輩子的呢。果真，應驗了妻子所說，在剩餘人生的日子裡她都是用這張書桌。

書桌旁邊擺放的也是從同個家具店購買的小邊桌。在這小桌上擺著許多妻子從旅遊景點買回來的紀念品，和一些有著特殊造型或價格不斐的相框。這些相框裡有奧吉或妻子的照片的只有一幀。那是兩人談戀愛時一起去慶州旅行，與妻子騎著雙人腳踏車拍的照。只是張讓人能回憶妻子年輕美麗青春年華的照片，倒不是有多特別值得留念。

其他相框裡全都是女性的照片，由知名攝影師安妮・萊博維茨拍攝的著名美國作家，評論家蘇珊・桑塔格，頭髮綰起的英國作家維吉尼亞・吳爾芙，在海邊穿著白色比基尼、帶著燦爛笑容的詩人希薇亞．普拉斯，身處庭院之中的塔莎．杜朵，嘴裡叼著香菸的年老藝術家路易絲．布爾喬亞，披散著整頭長髮、胸口衣襟大敞的藝術家喬治亞．歐姬芙，穿著內衣、躺在凌亂床上的藝術家辛蒂．雪曼。諸如此類知名女性的照片。

另外也有還活著的人，或是過世的人、自殺的人、因病而去世的人。形形色色，但是奧吉一下就發現了這些人的共通點：她們全是成功的女性。就像妻子大學時期隨身攜帶的皮夾總是放著奧里亞娜．法拉奇的照片，她把這些女性的照片放進了自己的房間。

雖然奧吉最終仍不清楚妻子真正想做的事是什麼，大概可以猜得出妻子想成為怎麼樣的人。她並不是想要成為畫家、作家或是藝術家，只是想在成功之後讓自己的名字為眾人所知。

妻子如果不是在照顧庭院，就是與這些成功女性的照片一起窩在房裡。每次奧吉走進房間，都會看到妻子坐在書桌前，不知道在寫些什麼。她常常這樣，每天都在寫些什麼，也會用用筆記型電腦，在大大的筆記本上寫點東西，也在便利貼上寫字貼上牆壁，或是寫在便條紙後仔細地、整齊地一張一張收藏在鐵罐子裡。打從很久以前下定決心出書，簽了合約後又不了了之、付了違約金後，妻子再也沒跟奧吉提過或給他看過任何作品。可是她仍然持續不斷地在寫些什麼。

只有一次在旅行前，妻子提到自己最近在寫的作品，奧吉猜想她寫的是一本關於園藝的書。

「答錯了。」

妻子簡潔扼要地回嘴。

「是類似爆料文之類的。」

「爆料文？」

這主題倒是挺有意思，和妻子一直以來寫的主題有些不太相同。但仔細想想，好像也不是如此。妻子第一次親身體驗到文字的威力就是這類爆料文，妻子本就是為了將代表拉下來而寫了文章，後續發展也如她所願，使那人被出版社協會辭退，也因此增進公司內部福祉。妻子的確寫過類似的文章。

「我要揭發。」

妻子像是念書般用書面語嘟囔著。

「我剛不是問妳要揭發什麼嗎？」

「真相是勇往直前的，不管是什麼，都無法阻擋它邁向前方的腳步。」

妻子認真直視奧吉，引用了作家埃米爾．左拉的名言。

如果奧吉問「前進的真相」是什麼——如果聽妻子解釋，她肯定又在那邊真真假假、虛虛實實。但是妻子凝視的目光和嘟囔的口氣在在讓奧吉很不舒服。他不開心地嘆了一口氣，說，「這句話不是用在這種時候的好嗎？」隨即離開位置。

那時應該再多聽聽妻子的想法才是。至少，去旅行時在車裡也該多了解一下妻子為什麼這樣說。如果妻子用這種方式來講話，代表彼此之間的關係已變得更加疏遠，但這都是後來才體悟到的。每件事情都像這樣，總要過了很久才會想到，卻為時以晚。

丈母娘待在妻子房間好長一段時間都沒出來，大概一開始只是稍微整理一下，接著進一步整理妻子的桌面、抽屜，於是便仔細讀起貼在牆上的便利貼吧。妻子有記錄事物的強迫症，不但會把當天讀的書的書名、頁數及內容整理下來，也會把通電話者的名字以及內容簡單寫下。

——就連關於奧吉的事她也會仔細記錄，因為什麼緣故和奧吉吵架、兩人又和好、與奧吉做了什麼約定，之類之類都一一記錄。等到過了一陣子後，再拿著這張便條紙來找奧吉興師問罪，說對他很失望，他怎麼跟以前一樣一直犯相同的錯誤，完全沒有改變。她會生氣地說什麼承諾、約定一點用都沒有。他便會再次道歉，真心誠意地與妻子重新訂下約定。可是再過一陣子，相同的模式又會捲土重來，奧吉會被妻子以同樣的方式批評責難。對於這種反覆，他感到厭倦。

妻子桌上的桌曆連奧吉回家的時間也標註上去。當他變得越來越忙碌，沒有遵守和妻子的約定次數也隨之變多，雖然說好一起吃晚餐，但過了半夜十二點才回家也所在多有。他會先打電話或傳簡訊給妻子，希望她能諒解，但是妻子每次都會生氣，這樣的情況時常發生。妻子會把桌曆拿到奧吉面前，數落他到底有幾次沒有遵守彼此的約定，而奧吉只能啞口無言。

妻子也曾有一段日子努力嘗試懷孕，算排卵期打針，也會吃藥接受治療，奧吉也配合著進去小小的房間，靠著看影片取出了精子。人工受精失敗了好幾次，就再試試看機率較高的試管嬰兒，結果也失敗。雖然妻子相當憂鬱，但似乎很快就沒事了。果然很有她的作風，放棄跟死心都很迅速。

儘管妻子表現得一副沒關係，奧吉仍覺得自己必須安撫妻子，因為她似乎故意將憂鬱與不安深埋心底，隱藏起來不讓人發現。她沒有表現出悲傷，取而代之的是冷嘲熱諷，但這更令人無法忍受。

妻子無論什麼都能挖苦諷刺一番，還笑他是個庸夫俗子，只知追求名利。她一有什麼事就統統怪到奧吉身上。他不禁覺得很委屈。自己不過就是努力過活，拚命累積自己的經歷，也因此工作量大增，妻子卻一直不能理解也不能體諒，真是心寒。奧吉努力經營著自己的生活，這輩子從未有過和妻子分開的念頭，她也應該這樣想才對。他並不是指妻子這輩子不能有要跟奧吉分開的想法，而是應該要好好經營自己的人生才對。

丈母娘把妻子寫的東西統統找出來看，了解女兒這段日子以來沒有說出口的話和發生的事。透過筆記本與整齊收好的便條紙，貼在各處便利貼上的文字，丈母娘看奧吉的角度與觀感逐漸變得與妻子如出一轍，也懷有對他一樣的誤會。對此，他感到莫名害怕。

第二天一大早，丈母娘來到奧吉的房間，她似乎整晚沒睡好，臉看起來非常憔悴。雖然奧吉看著丈母娘的臉，卻不知道她在想些什麼。丈母娘坐在一張小椅子上，只是靜靜地看著他，一句話也沒說。他變得很彆扭，不太舒服。昨晚丈母娘到底發現了他的什麼事？

丈母娘深深嘆了一口氣，沉著冷靜地開了口。

「該是時候好好想一想了。」

丈母娘知道了嗎？如果，當初旅行平安無事回到家，丈母娘和奧吉可能不會再是家人……這個事實她知道了嗎？偏偏她是在沒有看護的情況下知道了這件事，他覺得特別感觸。因為現在的他除了丈母娘以外，沒有別人能幫助自己。奧吉在腦海中飛快地想過一遍，可惜的是，還真是一個適當人選都沒有。

「看看庭院的模樣，這還算是有人住的庭院嗎？」

丈母娘終於開了個話題，雖然講的是庭院，但奧吉還是沒辦法放下心來。因為畢竟庭院是屬於妻子的空間啊，看來丈母娘打算是要說妻子的話題吧。

「不過，問題難道是在庭院嗎？重點當然不是這個啊。」問題不在於庭院，不管何時，重要的都應該是奧吉，他的復原才是最重要的。

「現在的重點應該是錢才對。」

聽到之後，奧吉相當詫異，之前怎麼都沒有深入思考過這問題呢？雖然曾經想過，卻從未深入思考。丈母娘連要拿一個戒指都這麼難開口，就算把錢花在一些無關緊要的地方，也是因為手頭仍然寬裕、懂得量力而為，對事物也有辨別能力——是這樣的吧？

「我大概算了一下，這個家、存款、股票、女兒的保險金、你的保險金……全部加總起來的話……」

丈母娘拿著計算機按了按。

「負債也太多了吧。話說這間房子，如果扣掉這個……」

丈母娘嘆了一口氣。因為他們固定繳納利息，其實已經還了很大一部分的貸款，因此也不算太過龐大的金額。雖然，當別人在長吁短嘆埋怨生活艱辛，他也是會跟著附和，嚷嚷哀嘆銀行貸款。可要是咬緊牙根，這金額還是可以還得出來的。

「這是我們擁有的全部財產了，你看到了嗎？」

丈母娘在計算機上按了一個數字，放在奧吉眼前晃了一下，他什麼也沒看到，丈母娘很快就把計算機拿走，再嘆了一口氣。

比起「全部財產」有多少，更引起他注意的是丈母娘口中的「我們」二字。丈母娘一定覺得這些錢是奧吉和自己可以共同花用的，就算那些錢是奧吉一個人辛辛苦苦存下來、即使那是因為妻子去世而拿到的賠償保險費——也是奧吉每個月按時繳交的錢啊。

「這次來算算每個月要花的錢：你的看護費，要給物理治療師的費用，牧師的祈禱費用，去醫院的通勤費，醫療器材的租借費，診療費，藥錢，唉……每個月光你的費用就要多少了啊，還不只這些，加上貸款的利息，這房子的水電瓦斯，稅金，基本的生活費……完全沒辦法省啊，如果把這些都加一加……」

丈母娘再次把計算機放到奧吉眼前。

「——需要這麼多錢，我可是一點也不驚訝，如果是好好的兩個人吃好的、穿好的、用好的，也不會到這麼多錢啊。」

丈母娘放在眼前的計算機，奧吉根本連一個數字都沒看到，但也沒使眼色要求再看一眼，因為丈母娘給他看的金額應該也不是精確的數字，搞不好只是要讓他知道，在他這個只能躺在床上的殘廢身上一個月要花多少錢。

即使這樣，也沒關係，就算丈母娘覺得那是「我們」的錢，揮霍地花也無妨。為了治療奧吉把錢都花光，甚至負債都無所謂，就算失去一切，只要奧吉能夠活下來，接受治療後能夠重新站起來，再度找回健康，這樣就能重新回到學校。趕快康復，回到崗位。來醫院探病的校長是這樣說的。

即使是坐在輪椅上被推著去，奧吉也想馬上去講課。雖然得等到做完顏面手術，也要等下巴重新長好才有可能，但至少還有左手可以推著輪子啊。四肢健全的人都找不到工作，只能遊手好閒，全身癱瘓無法動彈、只能躺在床上的奧吉，至少還有個職場等著他回去。學校會保障他做到退休的年齡，只要結束復健療程，重新回去，他可以一直做退休為止。

只要雙手能夠恢復到自由做事的程度，就可以動手撰寫因這段日子來太過忙碌，一直推延的韓國古地圖相關書籍。其實奧吉早已收集了許多相關資料。當他去日本或歐洲等地出差，都會去當地圖書館收集，只要有時間好好整理、撰寫編輯，這本書早該問世出版。但是，因為有過多的對外活動，一拖再拖，遲遲沒有動手。

他也可以像以前一樣去演講，搞不好比起以前，現在的奧吉更能感動人心。他可以向聽眾敘說自己如何從一個四肢健全的大學講師變成現在這樣，又是如何克服這一切難關。光是想像就能讓奧吉開心，也變得能夠忍受行動不便的四肢與身體。

「短時間內，就算是看護費用也得節省，要不然我們還能怎麼辦呢？」

太太不像話了吧！奧吉很想要如此大聲喊叫，要把我的身體交給丈母娘照顧？真是太可怕了！他不斷眨著眼睛。

「嗯嗯，知道了，我也知道我會很辛苦，我都幾歲了，照顧起人一不小心可是會累出病啊。」

才不是這樣，丈母娘非常健康，身體虛弱又病懨懨的不是她，而是奧吉啊。

「即使是一毛錢也要節省，就算只有一毛錢！」

說完這些話後，丈母娘向後轉身，頭也不回離開了奧吉的房間。雖然他眨了無數次眼睛，卻一句回應也沒有。即使吹哨，門卻再也沒有打開。

一陣沉甸甸的壓迫感襲向奧吉，他的心情就像當時和車子一起滾下山坡那樣。可是與此時相比，那時候的感覺還好一點。因為那時以為一切就此結束，雖然害怕，卻也伴隨著一陣安心。但現在一切沒有結束，一切才正要開始。雖然心想著他經歷了這麼多，眼前似乎還有更多苦難與折磨在未來等待。比起未來將面對的一切，現在經歷的苦痛可能都不算什麼吧。

10

在庭院時，丈母娘會戴著一頂可以遮臉，有著寬帽沿的工作遮陽帽，手臂也穿戴黑色的工作袖套，再加褲長到腳踝的窄管褲。看起來就跟以前的妻子一樣。她似乎全身穿的都是妻子以前的衣服。

奧吉用可動的左手將床鋪上半部調高，讓自己半躺臥在床上，看著在庭院裡工作的丈母娘。她到底在做些什麼呢？從奧吉坐著的位置看不太清楚，但似乎是在翻挖土地，就像很久以前妻子做的那些事，大概是想重新布置庭院。看起來丈母娘就跟之前的看護一樣，沒打算把全部時間與精力用來照顧奧吉。

丈母娘轉頭往奧吉所在的房間瞟了一眼，一臉僵硬地把頭轉回來，再次埋頭苦幹。當奧吉在醫院裡恢復意識，那時的丈母娘與相見禮時看到的她是一樣的，高雅又明辨事理。然而，近來的丈母娘就像當初拜訪麻浦公寓時看到的模樣，會忽然發起神經般對著公寓外頭玩耍的孩子大聲叫罵。

過了好一陣子丈母娘才站起來，可能是因為腰痛輕輕捶著，慢慢伸直身子，接著有如炫耀著自己四肢健全般伸展、按摩著。等她放下鏟子走回房裡，在廚房待了好長一段時間，不知道在做些什麼，又過了好一會兒才往奧吉房裡去。

丈母娘戴著衛生塑膠手套清理奧吉的尿桶。之前的看護做事從來沒有戴過手套，都是直接處理，但是丈母娘好像覺得他得了什麼傳染病似的，使用的物品能不碰觸就盡可能不碰觸。她清完尿桶後，就像之前的看護一樣把奧吉褲子的前襟打開。

奧吉晃動左手，表達不想要丈母娘這麼做。但他根本碰不到她，只能空虛地揮動著，丈母娘並沒有理會。奧吉想把自己的腳闔起來，試圖彎曲膝蓋——他當然沒辦法做到。無計可施之下，他只好用力發出聲音，希望能夠讓丈母娘知道這是一件多不舒服的事。他的聲音就像在呻吟一般。

丈母娘把奧吉全身擦完，透過管子餵他吃些流質食物，不知道在說些什麼一直講個不停，奧吉豎起耳朵，想要聽清楚丈母娘在說什麼，以為她是在對自己說話。可是實在聽不清楚，她又一直喃喃自語。奧吉猜想，會不會是在罵些難聽話呢？因為丈母娘的表情相當僵硬，而且一副很氣憤的樣子。他內心期盼丈母娘能夠繼續生氣，趕快放棄照顧他。她的表情非常僵硬，當初那個優雅又帶著和藹笑容的丈母娘已然消失。只是，她也沒有大聲尖叫以表達憤怒。

奧吉以緩慢的速度接收著管中流質食物緩緩流下的期間，丈母娘發著呆，空茫的眼神發直，用微小的聲音不知道在嘟囔什麼，又快又持續不斷地反覆，奧吉聽不懂。結束用餐時間，丈母娘「唉」地嘆了一口氣，起身後又嘆了一口氣，那聲音中又夾雜著自言自語。突然間，丈母娘大聲地說出了一句話。

「助けてください（Tasuketekudasai）[2]。」

奧吉把這句話記了下來。因為怕忘記，他一直在內心不停重複默念。「Tasuke-tekudasai、Tasuketekudasai、Tasuketekudasai、Tasuketekudasai、Tasuketekudasai、Tasuketekudasai……」

下午，預約的醫療救護車來了，在醫護人員的幫助之下，將奧吉和床一起抬進車子裡，丈母娘也跟著搭車前往，坐上救護車，與醫護人員肩並肩待在狹窄的空間，奧吉的汗水自前方髮梢流下。

一到醫院他就感覺安心多了，像是回到屬於他的安全世界，也與住院時照顧他的護士互相打招呼。護士都說奧吉的臉色看起來好多了，問他回家是不是很棒呢？丈母娘面帶微笑，眼神輪流看著護士與他。奧吉緩緩眨了眨眼。

在醫院耗時又無趣的檢查一個接著一個，他漸漸感到疲倦，而丈母娘也一直守在他身邊，疲憊與精疲力竭的神情並不亞於奧吉。當要移動到下一個檢查室時，丈母娘總是緊緊跟隨。奧吉檢查時，她似乎因為勞累，因此坐在家屬區的椅子閉上雙眼，歇憩片刻，但只要一聽到腳步聲，就會馬上睜開雙眼，跟他一起前往另一個檢查室。

奧吉看著垂下雙肩、一直跟在自己身後的丈母娘身影，才突然發覺這段時間來她變得非常蒼老憔悴。在醫院看到的丈母娘雖不到氣質高雅，也不至於粗俗厲狠，只是個看來對一切感到疲憊萬分的老人罷了。

三年前丈人因心律不突然辭世時，丈母娘仍維持著比實際年齡年輕的樣貌。但一失去女兒，她原先緊緊抓牢的青春年華好似在剎那間一概遺失，猛然一看，原本只有五十

2 原著用韓文拼音寫著日語發音，意為「請救救我吧。」

多歲的外貌今已不再復見。因為臉部線條，黑色的老人斑變得更加凸顯，花白的頭髮增加許多，也因為沒有費心染髮，顯得灰暗。以前她總是穿著氣質端莊的黑白灰等無彩色系，現在卻穿明亮又輕便舒適的衣服。

奧吉突然回想當年工作錄取時真心為他感到開心的丈母娘。不是為了妻子，而是真心為了他的錄取感到愉快，並給予最大祝福的丈母娘。那時候，他幾乎沒有得到來自同事的祝福與道賀，看到為自己開心的丈母娘，他第一次感受到彼此真的成為所謂的「家人」。打從結婚，丈母娘絕口不提「孤兒」或「自卑感」之類的話，還對妻子說，奧吉沒有親近的家人反而是「好事」。妻子嘗試懷孕，一直失敗，並為此憂鬱時，比起安慰自己的女兒，會更費心來安慰奧吉的也只有丈母娘了。

對奧吉來說，他僅剩的家人只有丈母娘，但直到現在才意識到，對方又何嘗不是如此？他與丈母娘都是彼此唯一的家人。當然，如果妻子仍然在世，他們很有可能隨時就不再是家人的關係，而且這件事還差點發生了。可是不是現在，奧吉與丈母娘已經失去不再是彼此家人的機會。現在的他們，家人關係會永永遠遠持續下去。

丈母娘跟奧吉見過彼此只在真正家人面前顯現出來的真實面貌。丈母娘在奧吉面前像個潑婦似地罵街，把看護攆走，帶來一堆不可信任的宗教團體教徒，對著他們鞠躬彎腰，還恭恭敬敬奉上錢，也一直用日文自言自語。但奧吉也是一樣的，他將身體交託給丈母娘，由她擦拭、清潔自己的胯下，讓她幫自己抹爽身粉，不讓皮膚潰爛，也清理裝滿尿的尿桶，用水清洗填滿細便的便桶。直到妻子過世，他們才變成如此和睦的模範家庭。

醫生指著電腦螢幕上的斷層掃瞄片，告訴奧吉之後的預想恢復情況應該會很不錯，只要好好集中復健治療，就可以坐上輪椅。聽了醫生這番話，奧吉並沒有什麼高興喜悅，因為這一席話就好像宣告著，他不管再怎麼努力，就算恢復狀況良好，頂多只能靠輪椅度過餘生。

丈母娘小心翼翼地問著醫生，這是表示他之後可以完全恢復嗎？醫生用一種淡淡的口吻說，下半身要恢復並不是那麼樂觀，但是上半身的情況和運動神經很不錯。醫生甚至還開玩笑地說，再過一陣子如果覺得腳癢，就可以用右手來抓了。

「能恢復到這樣的程度都是托丈母娘的福，對吧？奧吉先生？」

對於醫生的話，他只是出神地望著天花板發愣，丈母娘也只是呆呆地望著醫生，並沒有看著奧吉。聽到醫生說之後的預期恢復狀況會很不錯的瞬間，他清清楚楚看到丈母娘的表情：當時她一臉嚇壞。奧吉從沒看過丈母娘出現這樣的表情，既不安又害怕，似乎在反問著自己，真的是因為她才使奧吉的狀況變好嗎？失去女兒之後，真的是因為自己才讓獨活的女婿可以活得更久嗎？以後女婿還會變得更好嗎？這一切都是因為她才造就的嗎？未來的日子，丈母娘那樣的表情會更常出現——那個對於奧吉漸漸康復而感到害怕的神情，那不希望奧吉狀況變好的神情。

奧吉用嘴型向護士要了張便條紙，但護士沒有聽懂，於是他揮動了左手，做出假裝寫東西的模樣，護士才趕緊拿便條紙跟筆給他。

醫生與護士並沒有催促他，只是靜靜地等著看他要寫些什麼。奧吉努力用嚴重顫抖的左手好不容易寫出幾個字來。

「會提早動手術的，對吧？」

奧吉眨了眨眼睛。

「喔，很好，奧吉先生，繼續寫東西，要繼續動才能讓你的左手更有力，鍛鍊出肌肉。」

醫生鼓勵著奧吉。

「這次手術後會有更明顯的進步，之後也可以慢慢說出話來喔。」

奧吉期盼的就是這個！說話！不再透過眨眼，而是真正與他人溝通，表達自己的意思。比起能夠走路，對於現在的奧吉而言，能夠自由表達想法是更加強烈的渴求。

「但還是需要多多練習才行，就像重新出生的孩子牙牙學語，要到能說話的程度也需要時間的吧？所以總有一天會說得很好，之後一定可以更好。你也要繼續多多練習用左手寫字，雖然右手的情況也會逐漸好轉，但是已經恢復機能的那一邊也要繼續給予刺激，了解嗎？」

醫生把筆跟紙分別給了丈母娘跟奧吉，要他們多用紙筆溝通，丈母娘露出僵硬的表情，慢慢點了點頭。

「先看看時間表吧，看哪個時間比較有空。」

醫生和護士商議著，花了點時間。

如果可以說話，奧吉首先要請個看護。丈母娘是沒辦法照顧他的。此外，他也要跟律師商量，看看這種情況該如何決定法定代理人。

醫生的行程表相當滿，如果要配合奧吉，就得更動其他病人已預約好的行程，即使是這樣調動，也只能提前一天而已。

「即使只早一天也要先動手術嗎？」

護士這樣問道，丈母娘看著奧吉問，「你覺得怎麼樣呢？」她的神情蒼老又疲倦，原先奧吉永遠難以忘懷、害怕又驚嚇的表情已消失無蹤。

丈母娘彷彿一瞬蒼老，疲憊，又精疲力竭。如果不是突然失去女兒，她應該會是個優雅又從容的老人。如同她之前所說，果然只要照顧女婿一會兒就會累出病來，變得老了。丈母娘已到了那樣的年紀。恐懼吞噬了奧吉。他看著丈母娘疲倦的神情，不得不承認是因為自己才讓她變成這樣。等身體恢復到可以照顧自己的程度，說不定他還得照顧年老的丈母娘。假使真有那麼一天，他一定會盡全力來幫助她的。

11

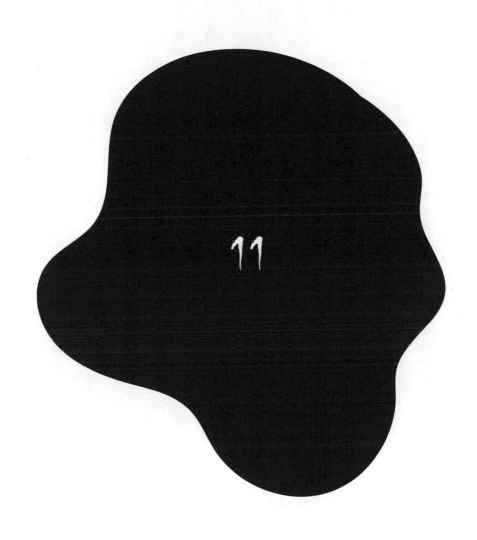

住院前期，奧吉拒絕了很多探病的人，因為自己殘破扭曲的臉、費盡全力才好不容易擠出呻吟般的嗓音、一副木頭般的軀體，不管是誰，奧吉其實不願被任何人看到這樣的他。自己跟他人變得不同，使他對此特別忿忿不平。可是如果都沒有人要來，又會更焦躁、更不開心。所以後來只要有人來探病，奧吉都會答應見面，他見了校長、系上教授，也見了同學，還有一起工作的同事也見了。他們都一樣，不斷提醒著奧吉他原本應該要在什麼地方。

再過一陣子也不需要苦惱要不要拒絕探訪，因為沒有人再來探視了。雖然這是想當然耳，他依舊非常悵然所失。有時候奧吉會想像這些人收到自己訃聞的反應，想像這些人應該會覺得有些遺憾可惜，也會以最快的速度算計該如何取代奧吉位置。就算是為了這些人，奧吉也想趕快好起來。即使身體僵硬、行動不便、身體殘缺，他仍然擁有那些人所沒有的東西。

這些人究竟是如何一下子蜂擁而來的？M最先進來，再來是S、K、最後是J，如此這般依序進入奧吉的房間。看到四人全都進來，奧吉嚇了一跳。在恢復意識之後，這些人和其他的朋友曾經一起到醫院探望奧吉，但也只有一次，之後就沒有任何一個人再來探望，或是打電話詢問看護或護士他恢復的情況。莫非是有誰打電話到醫院或是家裡詢問，丈母娘告訴他們的嗎？又或者她想讓奧吉驚喜一下，所以才什麼話都沒說？

但很開心，他很開心他們仍把自己放在心上，想念著他，即使很久沒聯絡也沒有忘記。他們讓奧吉相信，即使自己躺在床上一動也不能動，仍然是個有用的人。但另一方面，看到他們健康又好手好腳、滿是活力的模樣，奧吉不禁黯然失色。老實說，他並不是那麼想要和他們打照面，希望他們可以立刻離開。讓他們看到自己一點進步都沒有，也沒有康復，他深感遺憾。

在醫院見面時，M握著奧吉的左手好長一段時間，S和J一開始忍住情緒，後來知道奧吉連聲音都發不出來，忍不住像個孩子般啜泣，K則是努力隱藏自己嚇到的表情，努力裝出一副處之泰然，盡可能不看他。

「他說他等你們等了好久，問你們怎麼現在才來呢？他真的很想念你們啊。」

丈母娘恣意傳達她自己的揣測，但奧吉什麼話也沒有講，因為意識到下巴裝了人工下顎和支柱器，如果張開嘴，就會一直流口水。

那四人肩並肩站在奧吉身旁，他多少會有點緊張，就跟那些穿著黑衣來幫他祈禱的教友圍繞著他時差不多。雖然這些人是為了自己才齊聚在一起，但是不知道為何，他覺得挺好笑的。

奧吉轉著眼睛，想讓他們知道這些是丈母娘自己憑空捏造的。丈母娘問候道，學校沒有什麼特別的事情吧，現在是學期中，最近不會很忙嗎？簡短的問答結束後，丈母娘一邊說著「怎麼好像馬上就要走了呢？都別站著了，坐這裡吧。」一邊將椅子推了過去。這句話倒也沒什麼不對，所以奧吉眨了一下眼睛。

今天丈母娘穿著得特別寒酸。待在家裡這段時間來，她總是穿著妻子的衣服。今天的衣服特別皺巴巴，而且胸口位置好像還沾到了汙漬。跟妻子比起來，丈母娘的身材豐腴許多，所以袖子感覺也比較短。彎下身時，腰間贅肉也會擠出來。

「他問你們來家裡的路會不會很難找？」

丈母娘揣測奧吉的意思，M回答曾經來過一次。

「啊，也是，當然來過啊。」

丈母娘邊看著奧吉邊喃喃自語，也因為聽到這話，他回想起很久以前和這群朋友在庭院開派對的情景。

丈母娘向他們道歉，說自己應該拿點什麼出來招待，但家裡現在變成這樣，連好好準備東西給客人的時間都沒有。四人當然連忙揮著手說沒關係。

「以前來過家裡的話，應該是在庭院裡一起烤肉、喝酒吧。」

「對啊，都是奧吉前輩烤給我們吃呢。」

S說道。

「烤肉誰都會啊。」

丈母娘的語氣很尖酸刻薄。

「不過話說回來，伯母真的是很偉大呢！一個人包辦一切，真是太了不起了。」

為了改變氣氛，M趕緊換話題稱讚丈母娘，K和S也加入吹捧的行列，不停稱讚她看起來高雅又年輕。

「伯母不是母親，而是丈母娘，對吧？」

J說道。丈母娘看向她，M和K又趕快滿口稱讚，說：「是丈母娘的話就更了不起了。」如此這般含糊帶過話題。被捧上天的丈母娘笑得相當開心。

「母親又怎樣？丈母娘又如何呢？對這人來說都一樣啊。反正他身邊也只剩下我了，不是嗎？」

奧吉撇開眼，迴避丈母娘的視線，但她不理會奧吉的反應，繼續說：「不管是他還是我，其實都是一樣的處境，只能說同病相憐。因為我是寡婦，而他是鰥夫。」

四個人面面相覷，顯得有些尷尬，只能面帶笑容，什麼話都沒有說，似乎搞不清楚丈母娘說的到底是不是玩笑話。

「不要覺得寡婦或鰥夫就很可憐啊，仔細去了解的話，會發現好處其實滿多的。但你們知道對寡婦來說最棒的一點是什麼嗎？」

丈母娘看著這四個人問，即使是話最多的S，也因為感覺氣氛不對不敢多說什麼，嘴巴閉得死緊。

「就是再也不會碰到老公外遇啦！哈哈哈！比起老公外遇，早點死還比較好呢！」

丈母娘放聲大笑，露出開心的表情看著奧吉。他不悅地皺起眉頭，雖然因為受傷的關係，皮膚皺皺巴巴，使他的表情並不明顯，但他盡力表現出不滿，希望能讓他們知道自己並不贊同丈母娘的言論。

「那你們知道身為鰥夫最好的一點是什麼嗎？」

四人這次也把嘴巴閉得緊緊，什麼話都沒說。丈母娘對奧吉說：「如果你能自己回答的話就好了——

「那就是不管跟誰上床，都不算是劈腿啊。」

丈母娘說完，自己噗嗤大笑出來，甚至到了連眼淚都掉下來的程度，哈哈笑個不停。四人只能尷尬地面面相覷，不知道該做什麼回應。

「話說回來，真是不好意思，該怎麼辦呢？什麼都沒能招待你們。」

丈母娘費盡全力才止住大笑。

「喔喔，不會的，沒關係！」

「如果今天也能烤些肉給你們吃就好了。可惜，你們也看到了，庭院變成這副德性。」

「伯母打算要種些什麼嗎？」

S回應丈母娘的話。

「要啊，應該要種點東西。因為全死了，全死光了，統統……死了。這麼盡心盡力栽培出來的，竟然就這樣全死了。」

她中間停頓了一下，又接著說。

「我要把它們救活，一定要把它們都救回來。」

「要種樹嗎？」

「樹嗎？當然要囉！」

「看來是要種很大的樹木？因為庭院裡的洞看起很大。」

「還差得遠呢，得再繼續挖才行。」

「喔，看來是很大棵的樹。」

「不是要種樹，是要挖池塘。」

「喔？池塘？在庭院裡嗎？」

「得養一些活的東西啊，活著才能擺尾巴，才能自在地呼吸著，也可以在裡面游泳，要放一些像這樣的生物在池塘裡。」

「鯉魚之類的嗎？挺不錯的呢。」

「活著很不錯嗎？不，活著是很卑鄙齷齪的！死皮賴臉地在那狹窄的洞裡，只為了生存下來……」

因為這尖酸的反應，原本和丈母娘對答如流的S閉上了嘴。奧吉向S眨了眨眼，想叫S不要回了，但S避開視線，假裝沒看到，卻也不多問是什麼意思，就好像奧吉根本不在。

「連在那種地方都要苟延殘喘地活下去。」

「池塘不是通常會在庭院的邊邊……」

K取代S回答了丈母娘的話。

「不要說一些自己不懂的事情，池塘就是要設置在太陽能照射到的地方，而且空氣也要流通，除了那裡以外沒有其他地方更適合。」

K被丈母娘的反應嚇到，也默默閉上嘴，覺得多說多錯，還是不要講了，靜靜待在旁邊比較好。

「來，大家喝杯果汁吧。」

「不了，沒關係，我們只是來看奧吉的，看完就要走了。」

M趕緊揮著手。

「那怎麼可以，女婿說一定要好好招待你們，是吧？你是這個意思吧？他希望你們可以在這邊開心地玩一下再走。」

丈母娘很快便離開房間，到廚房不知道拿什麼東西出來。眾人於是聽到廚房傳來鏗鏘鏘的聲音。

四人表情尷尬、面面相覷，但誰也沒開口說任何話。不久後，丈母娘端著大大的托盤走進來，上面放著一瓶酒與酒杯。

「哎呀，我的老天，都沒有好好整頓一下這個家，結果家裡只剩下這個，連果汁喝完了都不知道，真是不知道該怎麼辦，也不能招待你們喝白開水。將就一下，一人喝個一杯吧。來，喝吧！喝吧！」

M帶著尷尬的表情，勉為其難接過丈母娘推來的酒杯，露出不得不一起喝一杯的模樣。其他人也隨著M接過了酒杯。

這酒只是瓶便宜貨，就算看護的兒子已經喝掉很多，應該還是留了一些好酒才對，丈母娘似乎故意選了便宜的。這瓶酒不是奧吉自己買的，應該是不懂酒的學生送的禮物，奧吉收到之後就放在那邊沒動過。

四人拿著大大的酒杯輕輕相碰，杯裡的威士忌也隨之搖晃。丈母娘勸著酒要他們喝。在無法拒絕的情況下，他們也只好乾杯了。只要看見四人露出一臉為難，以奧吉的翻譯自居的丈母娘就會強調，是奧吉希望他們這麼做的。

「這位小姐，妳覺得如何呢？看起來很會喝酒的樣子呢。」

丈母娘問J。但J杯裡的酒似乎一點都沒有減少。

「我酒量很差。」

「酒也不是什麼了不起的東西，不過就是心情好、氣氛佳時喝的東西罷了。喝一喝就會喝醉，喝醉就會靠到別人身上，靠到別人身上，搞不好就順勢抱過去……」

丈母娘突然又噗嗤笑了起來，所有人也只好尷尬地跟著一起笑。只是，聽完這話的J表情變得更加僵硬。

「我自己這樣一個勁兒拚命講，也不知道有沒有說錯什麼，人老就會這樣，什麼都沒辦法忍，想講什麼就講什麼，口無遮攔的……」

丈母娘為了讓大家自在聊天，所以離開了房間，四人才終於露出鬆一口氣的模樣，表情看起來比較放鬆。

S率先開始話題。S先告訴奧吉學校、系上發生的大大小小事，之後他們幾人就聊起自己，因為都和奧吉沒什麼關聯，所以他的眼神忙碌地在四人身上來回看，不過也沒有任何人分神顧到奧吉。

不知道本來要講什麼的S突然講到一半停住，話都到了嘴邊，卻好像驚覺到什麼似地停下來，偷偷瞄奧吉一眼。S無法隱藏驚慌又尷尬的表情，就連J也迴避奧吉的視線，甚至連看都不看他一眼。奧吉眼睛睜得大大的，一面好奇S原本是要說些什麼，一面又不想知道。因為，如果知道S本來要脫口而出什麼，肯定會內心受傷。

「教授都很擔心你啊。」

像是為了幫處境尷尬的S解圍，K順勢轉移話題，開了口。奧吉慢慢眨了一下眼睛。K沒有像S一樣吞吞吐吐，毫不在意奧吉感受，逕自將自己想說的話說出來，直接談起最近系上的狀況，也毫不諱言地告訴奧吉自己升遷了，這職位可以說對系上一切瞭若指掌。他自顧自地說著自己想說的，將S原本要講，但怕奧吉受傷而沒說的一切就這樣大喇喇講出來。

聽懂K話中的涵義後，奧吉感到相當憤怒。這個世界依舊安然無事、天下太平、照常運作，他的內心油然而生一股憤怒。他不僅臉部嚴重受損，身體也重傷到無法動彈，只能躺在床上。這些日子裡，他們卻活得這麼理直氣壯，像在對他招搖似地，個個生活得那麼好。奧吉受傷缺席學校的日子中，這個世界卻沒有因此引起任何混亂或騷動。自己每天、每天只能躺在床上排便、排尿、流著汗，還要擔心會長褥瘡——事實上也真的長褥瘡了。服藥後又一直昏睡，每天能做的只有一直盯著天花板，像要把天花板看穿似的，如此虛度人生的只有奧吉。而這些人的人生沒有突如其來的交通意外，也沒有因此造成的身體殘缺，這些偏偏只發生在奧吉身上，只有他遇到這樣的不幸。奧吉的世界像是全然倒塌，只有他的人生有如被擊敗一樣徹底粉碎。

也不知道是因為變得尷尬的氣氛使然，亦或酒杯裡的酒全空，四人只是呆呆地坐著。奧吉得做點什麼才行，不能只是這樣一直生氣，要不然他們馬上就要回去了。

奧吉對著J用嘴型說：給、我、紙，並揮動左手示意要寫些東西。J看到後，馬上從自己的包包拿出筆記本跟筆給奧吉，奧吉靠著J輕輕握著自己的手，在筆記本上寫了一些字，K則是一臉緊張地看著他的手。

怎麼辦？能夠寫在紙上的機會似乎只有這麼一次，丈母娘不會給奧吉那麼多時間，肯定很快就會進來。可是他想要問的事情太多、想寫的也太多了，在這眾多問題之中，奧吉腦海中最先想到的就是這句話。這不是偶然想起，而是一直都在他腦中，是他一直背誦的那句話。

他花了不少時間，每寫一個字，S就跟著他所寫的字念出聲音，並且向他確認自己的解讀是否正確。奧吉寫下了幾個字，S照著順序一一念了出來。

「Tasuketekudasai？」

K把還沒寫出來的部分憑藉直覺大聲念出，奧吉眨了一下眼。對！就是這個！奧吉用左手拇指與食指靠在一起，比了個OK的手勢。

「請救救我？請幫助我？」

K帶著疑惑的表情反問。

「這是救命的意思啊，你要表達的是這個嗎？」

四人看著奧吉。M說：「這是什麼意思？為什麼說要救你？再多寫一點吧！」M一臉認真地鼓勵著奧吉。

奧吉沒辦法寫。要寫的東西太多了，丈母娘喃喃自語一直說要救救她，這到底是代表什麼意義，也只能自己思量琢磨了。

她這樣說，是指奧吉處於危機狀態嗎？或者只是因為當時需要幫助，因此迫切地祈禱？似乎不是那樣，那句話好像只是不斷由嘴裡吐出，但為什麼偏偏是喃喃自語、嘀咕著那樣的話？

丈母娘不給奧吉深入思考的時間，很快又進房裡。J趕緊將筆記本和筆收進包包。

「哎呀，這可怎麼辦，客人來了，該做的事情竟然沒處理，真不好意思，請稍微等一下。」

丈母娘今天竟然反常地沒有戴衛生塑膠手套，直接從床底下把奧吉的尿桶拿出來。那些像是添加色素一般濁黃的尿液正在塑膠尿桶的桶口下方晃動。

四人似乎突然了解到充斥整間房間的味道是這麼一回事，每個人都小心維持著自己的表情，盡量不要表露任何情緒。奧吉眉頭緊蹙，不知道這殘破碎裂的表皮能否將自己的心聲徹底表現出來？丈母娘倒掉尿桶裡的尿，在洗手臺清洗尿桶，並發出大聲的乒乒乓乓，所有人都清清楚楚聽見了。

她將洗好的尿桶重新放到床底下，即使當著眾人的面，還是將奧吉的褲子前襟拉開，準備擦拭。他趕緊舉起左手，想阻止丈母娘，但她用一手把奧吉的左手使勁壓下去。此時，J不小心發出「啊」一聲小小的驚呼，趕緊將頭撇開，然而丈母娘卻一副這沒什麼大不了」的模樣，用溼毛巾和乾毛巾各擦一次接在奧吉生殖器附近的尿管。

「幫生病的人做這種事是理所當然的啊！不是嗎？」

J的表情相當僵硬，直瞪著丈母娘，她卻處之泰然地完成了清潔工作。

在褲子前襟還開著的狀態，奧吉忍著不要讓自己的尿排出去，但即使他如此打從心底渴求著這個小小的心願能成真，這一次依然失望了。答、答、答、答，尿液滴滴答答透過管子滴入空的塑膠尿桶，大家全清楚聽見了。

奧吉絕望地閉上雙眼。丈母娘在完成想要做的事情後，才鬆開奧吉的左手。四人面面相覷，尷尬不發一語。

「我們先告辭了。」

過了好一陣子，J率先開口，其他人似乎等這句話等了很久，也急急忙忙從椅子上起身，虛應一番似的向奧吉道別，說「要趕快好起來喔！」「以後會常來看你喔。」

奧吉靜靜待著，什麼都沒表示，甚至連看都不看他們一眼。起先他們進入房裡，他像是要表達開心喜悅那樣將眼睛睜得大大，還骨碌碌轉著，甚至吐出呻吟般的聲音，向他們打招呼。他對這樣的自己感到羞恥。

因為丈母娘要幫他們開門，走到了最前頭，J本來要離開房間，卻馬上轉身回來，靠在奧吉耳邊悄聲說道。

「是你丈母娘叫我們來的，是她打電話給我的。」

奧吉用左手抓著J——緊緊抓住——慢慢吐出「再、來、看、我」四個字。J有聽懂嗎？對方點點頭。

他不能再多聊了。為了要帶磨磨蹭蹭的J出來，丈母娘重新回房，剛好看到從奧吉身邊離開的J，丈母娘直盯著她。J離開房間後，丈母娘走進來，對奧吉說話。

「有好好跟朋友聊聊嗎？不知道下次見面是何時了……我會幫你好好送他們出去，別擔心。」

將房門關起來前，丈母娘又說：「啊，對，我已經幫你把辭呈遞給學校了，也不知道你什麼時候才會恢復，總不能讓學生一直空等吧，學生也得換別的老師好好學習才行啊。」

奧吉透過窗子，看著四人走出大門。他們離開家後，鐵門又再緊緊關上。

丈母娘一時半刻不打算馬上進屋，她慢慢環視被挖得到處是大小洞穴的庭院，看她向後轉身，往奧吉所在的方向看去。暗黑的天色使得丈母娘的臉也顯陰暗。她站在那邊盯著奧吉看了一下，不久又像個孩子般開心地又跑又跳，踩踏著奧吉和妻子一起鋪好的鋪石步道，進入家中。

現在家裡只剩奧吉和丈母娘了，未來大抵也會如此。丈母娘已經知道了許多事，也絲毫不避諱讓奧吉明白她都知道了，很可能，妻子曾經知道、相信的一切丈母娘也都明白了。但問題在於，奧吉並不清楚妻子究竟知道了些什麼。

12

一大清早就有一群工人蜂擁而至，集聚到奧吉家的庭院，但是直到工人出現在大門那邊，奧吉才知道他們把種在房子旁邊的樟樹拔了起來。庭院造景設計師曾經說過，這樹與空間窄小的庭院並不那麼合適，但妻子卻一點也不妥協，仍然堅持要種。

這棵樟樹是原本靠房子外邊位置種的樹木，就跟庭院造景設計師當初說的一樣，會長得非常茂盛蒼鬱，樹枝彎曲出柔和的線條，與處處直線的房子形成和諧的景致。與最初擔心的不同，這棵樹出乎意料長得非常好，枝葉也茂盛，青翠的綠葉也勤奮地長在枝頭上。

工人將這棵樟樹移種到大門旁，樹旁兩棵白木蓮的樹枝幾乎要相連，緊靠著種在一起。雖然沒像樟樹一樣，但白木蓮的樹幹也相當粗大，枝葉茂密蒼鬱。即使是不懂栽種植物的奧吉，也覺得這種栽種方式相當奇怪。與其說是為了讓樹木長得更好，更像是為了遮住房子才將這些樹木移種到大門邊。

奧吉忍不住要往壞的方面想。雖然大門旁種巨大果樹在鄉下很常見，而且丈母娘布置庭院的方式和妻子非常不同，可能是這樣才讓奧吉覺得奇怪吧。

即使試圖讓自己往這方面想，也沒辦法揮去腦中不好的想法。丈母娘似乎要堆疊出一道牆，以往經過這裡的路人可以透過低矮的鐵柵欄欣賞整片庭院，如今只能看到高大的樹木擋在那兒。更重要的是，奧吉除了樹木再也看不到其他景色，沒辦法從房裡看著路過家門前的鄰居。有時會有裝載著蔬菜、水果來叫賣的小貨車，以及鄰居群聚在車邊買菜的景象，這些全被一排高高的樹擋住，再也看不到了。

工人走了之後，丈母娘繼續在庭院裡不知道做些什麼。不管她人在哪裡或是在做些什麼，奧吉從看不見，只是一直聽到有聲音從庭院傳來，類似窗戶什麼某個尖銳的東西敲打堅硬地面、鏟著土壤，拿鏟子拍打土地。

但有時又什麼聲音都沒聽見。奧吉甚至懷疑丈母娘是不是已經離開，才會如此悄然無聲。這種時候，他更會豎起耳朵，仔細聽著屋裡所有動靜，聽聽看丈母娘是不是進到屋子裡來了？他不斷猜想丈母娘到底在房子的何處，在做什麼。但奧吉的多心彷彿遭到嘲弄，這時又會聽見從庭院裡傳來的聲響。

物理治療師來到家中時，幫他打開玄關門的丈母娘看起來與妻子無異，因為她穿著妻子整理庭院時會穿的衣服和帽子，拿著鏟子站在那兒。

物理治療師一進房間，奧吉將嘴巴一開一闔，試圖說話，要求給他紙和筆，雖然沒有發出聲音，但靠著嘴型，治療師竟然也能了解他的意思。這樣的方法他不曾對丈母娘用過，因為丈母娘總會照著她的想法回答，不管奧吉真正想表達什麼。

想去醫院。

「你是說醫院嗎？」

奧吉眨了一下眼睛

「怎麼了嗎？哪裡覺得不舒服嗎？」

這次奧吉也眨了一下眼。只有持續對物理治療師這樣說，才可能在他的回答中出現奧吉想要傳達的話。

「就算不這樣，我也會跟你的丈母娘這樣說的。我會跟她說我會更常過來。所謂的復健就跟現在一樣，只做一、兩次是一點效果也沒有的，根本就不會進步，對吧？你也這樣覺得吧？好像沒什麼太大改善，所以心情不好，對吧？」

奧吉點點頭。

「可是，你的丈母娘似乎有點猶豫。」

沒錯，就是這個！奧吉想要物理治療師說的就是這個，關於丈母娘的話題。

「其實我的到府治療費比較貴，雖然也想算你們便宜些，但是我的經歷很豐富，復健工作也做得確實，所以沒辦法隨意算便宜就算便宜。這些價格都是公定價，如果我算你太便宜，以後被同業知道可是會被攻擊得很慘的。雖然你可能會想，這種消息怎麼可能傳出去，不過神奇的是，真的到最後大家都會知道。全都是口耳相傳，所以消息很容易傳遍我們的圈子。轉介給別人時，一定會連同當初給的優惠價一起說：那可是我特別只給那家的優惠呢，難道他不知道嗎？對這種事情我真心覺得遺憾。」

奧吉再度用嘴型表達「醫、院」二字。

「是啊，你會這樣想也是理所當然的。當然，在醫院裡有復健的器具，對於復健訓練來說也會進步較快，但在醫院時就都做過了，你那時不也做過物理治療嗎？醫院復健那邊的病人大概有十幾個，在旁幫忙的治療師只有兩位而已，是不是？那樣真的不行啊，身體有病痛的人真的會比較敏感，而且都因各自不同的理由被病痛折磨，你也知道，每個病患必須做復健的部位也不一樣，像我今天就帶了手部專門的復健器具握力器。你右手的肌肉還太弱，一定要利用這樣的器具來幫忙。像上次，我還幫你在腳上裝了輔助器，記得吧？那個就是在做關節運動時幫忙固定位置一定要有的器具，這些東西雖然不是很顯眼，但都兼顧到細節，這也是要像我這樣很有經驗的人才會知道。醫院那些人才不會這樣呢，你也曉得。你在做復健運動時大腿是不是感覺快要爆裂？這種情況是不對的，那個物理治療師真的很不應該。像你這樣情況的病患關節沒有感覺，如果過度運動，會造成韌帶拉損，嚴重些還會產生其他疾病，像是異位性骨化症，就是這樣。我啊，其實一直掛心著你的狀況，所以不是在來了之後才想怎麼幫你復健，而是在來之前就先思考這次要幫你做什麼運動，回去後又會先想下次要幫你做什麼，才會讓你進步多一點。就你的情況來說，我們要繼續加強上半身強化運動，但不是就完全放棄復健下半身喔，你可千萬別誤會了。只是要先從狀況好的部分開始，所以我現在一直在持續練的是你的斜方肌、背闊肌、脖子附近的肌肉。也因為這樣，你現在脖子轉動的情況比以前好多了，也舒服多了，不是嗎？如果你一直說要去醫院，我真的會覺得滿受傷。如果常跑醫院，也會花更多的錢，每次都要預約醫療康復車，還要護理人員跟著來，很麻煩的，如果這些細項全考慮進去，我算是很便宜的了。」

物理治療師絮絮叨叨，一直自顧自地講著，奧吉卻得把這冗長又無趣的內容全聽完不可。我不是這個意思，不管他怎麼揮動左手又搖頭，卻一點用也沒有，治療師固執且斷然地自我解讀、否定他的意思。

「就算你沒說，但恢復狀況沒有很好，我也是會很擔心。我也想幫助你，讓你趕快有明顯的進步啊，肌肉一直都這樣沒有力氣，我也會很自責，覺得好像都是我的錯，這樣看來，我要負的責任也是相當重。只要一天是我的病患，我就會全權負責到底。如果可以，我也希望幫你馬上站起來！我是真心的！」

奧吉呆愣地看著他，如果他能說話，應該會跟他說聲謝謝。治療師沒有無視奧吉，也盡了最大力量說服他，好像他真有決定權一般。

「如果是對我個人不滿意，請直接告訴我。像是關節運動很可能會感到疼痛，但像奧吉先生的情況，因為什麼感覺都沒有，所以我現在做得好還是不好，你也沒辦法很清楚。但是請先相信我吧！按摩會痛，即使太用力也是不行的，這要有技巧，不是一味用力，要輕輕的，感覺好像沒在用力，但都要靠技巧。我就是這樣在幫你復健的。」

物理治療師索性搬出哀兵政策。

奧吉再次要求紙筆，物理治療師趕緊將筆記本打開。他有些急躁不安，治療師是自己唯一可以見到的外人，這次他直接在筆記本上寫下「岳母奇怪」，即使只寫四個字也花了很多時間，物理治療師看不懂奧吉寫的「奇怪」，歪著頭想了想。

「岳母奇……？奇什麼？最後面這到底是什麼字？」

奧吉用嘴型試圖告訴治療師自己的意思。

「啊，是奇怪啊，岳母奇怪，難怪……」

奧吉稍稍放心了，物理治療師似乎也知道丈母娘的行為舉止很怪。因為比起其他人，物理治療師算是長期且定時來家裡的人，每來一次約待兩個小時，對於奧吉家裡的光線漸漸變得越來越暗，以及他被晾在一旁不被理會，比起其他人應該會更有感覺。

「喔，還真的有點奇怪呢！」

奧吉點點頭。

「奧吉先生可能不知道吧，那庭院——你的丈母娘在庭院裡挖了一個好大的洞。不知道你在這裡看不看得到？」

物理治療師走到窗邊，盡量將身體往最右邊站，「啊，這裡看不太清楚。她挖了一個洞，超大的……」物理治療師如此說道。

大家都提到了洞，到底那個洞有多大？有多深？丈母娘到底是多麼地努力在挖那洞？

「最近她還真是很奇怪呢！」

奧吉打從心裡覺得感謝。至少物理治療師有發現這一點。

「她每天都在挖洞，應該要稍微休息一下才對啊……剛剛進來時看了看，你丈母娘一邊挖地、一邊汗如雨下呢。這你知道嗎？最近她老人家的身體瘦了好多，這樣下去可是會吃不消的。老人家像這樣不眠不休又不停流汗，是會生病的。」

不是這樣，奧吉揮動手，但物理治療師正看著別處。

「原來奧吉先生是擔心老人家啊，所以才想一定要去醫院對吧？嗯，我來幫你跟她說你非常擔心她，我也會勸你丈母娘別什麼都自己來，可以請些工人。如果這樣負擔太重，也是可以跟我講，雖然我以時收費，但如果有什麼情況，還是可以跟我說，我會在能力範圍裡給你們一些折扣的。」

奧吉很想要深深嘆一口氣，將肺部裡的空氣統統排出，讓肺變得扁扁；他真想將全身的空氣都吐出來。

「怎麼會想要自己在家裡挖這麼大的池塘呢？真是無法理解。這樣勉強做工可是會出大事的。在我看來啊，你丈母娘的身體狀況可是比奧吉先生還要危險呢！老人家一不小心，突然間可是會出事的。」

物理治療師慢慢按摩著奧吉，奧吉看著自己枯木般的身軀，舉起左手，用力一咬：不痛，一點也不痛。他又咬，持續不停地咬，不管怎麼咬，下巴都沒辦法出力。這次，他用左手搥了一下床欄杆。嗯，會痛。他又更用力地搥了一下，物理治療師嚇了一跳，再不阻止奧吉，搞不好會把自己的骨頭敲斷也說不定。奧吉的前臂又紅又腫，太棒了！

身體能夠感受疼痛，能因疼痛有所反應，即使僅是這種程度，卻是他能感受到的全部。

回去時，物理治療師站在庭院裡，跟丈母娘說了一下話，物理治療師的態度相當恭敬，且帶著陽光般的笑容與丈母娘應對，也不時鞠躬、彎腰、寒暄。離開前，物理治療師將筆記本拿出來，把奧吉寫的字拿給丈母娘看，看過筆記本之後，物理治療師一離開，她便瞪著奧吉的房間看了好一陣子。

聽見丈母娘走進屋內，奧吉深深嘆了一口氣。她沒過多久就進到了他的房間，卻沒有打開燈，直接走到他身邊。黑暗之中，丈母娘的身影變得好巨大。

「謝了。」

丈母娘用沙啞的嗓音說道。她站在黑暗之中，法令線延伸至嘴角，更顯兩邊嘴角贅肉下垂。

「我真不知道你會這樣替我著想呢，擔心我身體受不了，擔心我這把年紀太操勞、會早死？你自己身體都這麼慘了，竟然還擔心我，真的是謝謝了呢。但你應該直接跟我講才對，我才會更感謝你。看看你寫了什麼？」

丈母娘拿出一張皺皺的紙，放在奧吉面前。

「岳、母、奇、怪，沒錯吧？」

黑暗中的丈母娘不發一語，直勾勾瞪著奧吉看。他不久之前就在內心喃喃自語，不停默念自己背下來的那句話，Tasuketekudasai、Tasuketekudasai、Tasuketekudasai——

「別人看到肯定會誤會啊。而且，你是在說丈母娘變得奇怪嗎？還是丈母娘的行為舉止很奇怪？這不是讓人分辨不出來嗎？如果丈母娘很奇怪，是說身體哪裡很奇怪？還是精神上很奇怪？根本沒辦法搞清楚嘛。還不懂嗎？不知道我到底期盼什麼？我只求你能夠恢復啊，除了這個我還能期盼什麼？我女兒希望的就只有這個，所以我也一樣。只要是我女兒想做、要做，卻不能做到的，我統統會替她實現。你也知道，我就只剩這麼一個女兒。」

丈母娘講話速度飛快，將這一連串的話一股腦兒說完後「哇」的一聲哭了出來。她像孩子般嚎啕大哭。相隔許久，奧吉再度看到丈母娘的眼淚，不禁感到抱歉。這樣一個失去獨生女的老人……他對她這段日子來的舉動是不是有所誤會？有時他覺得丈母娘就只是一個氣力與身體都衰弱的老人家，而且還遭受自己無理不當的猜忌和敵意，現在的丈母娘看起來就是那樣。

但大多時候丈母娘可不是這樣的。所以想當然耳，奧吉總是深受恐懼與不安的折磨。他相信丈母娘絕不是希望自己能夠恢復健康。物理治療師要他多用輪椅，可以增強左手肌肉，幫助恢復右手的機能，即使辛苦，也要一直持續兩手的運動。可是丈母娘卻堅決反對讓奧吉使用輪椅，說家裡有許多門檻或其他障礙物，而且自己也沒有力氣幫忙他坐上輪椅，推到外面去。丈母娘說服了物理治療師，因此奧吉無法擺脫躺在床上的命運，失去了離開床的機會。

不僅如此，丈母娘也沒有照物理治療師按摩的方法來幫奧吉進行，即使為了防止長褥瘡或舒緩緊繃的肌肉，她說自己手臂的力量不夠，沒辦法用正確的姿勢按摩。物理治療師說這也是可能的，這都要訓練有素的看護才做得到。可是新的看護一直沒來，以後應該也不會有新的看護來吧。

丈母娘也經常忘記奧吉的用餐時間，甚至連藥也沒餵他吃。早上餵過一次流質食物，要一直到深夜才會再次查看他的狀況，也是所在多有。像這種時候，她就會大聲自言自語：反正一整天就只是躺在那裡什麼也沒做，應該也不會肚子餓吧。就像特意說給奧吉聽一樣。

丈母娘不再流淚，臉上再度換成凶惡的表情，瞪著奧吉看。他馬上因自己竟對丈母娘產生了一瞬的抱歉之意後悔萬分。

「對我來說，我就只有女兒，而對你而言，你只剩下我。你可要搞清楚這一點！」

丈母娘語氣尖銳，冷冷丟下這句話離開房間。

奧吉籠罩在一片黑暗中望著天花板，想著不知道J還會不會再來。J一直是個守信的人，只要和她約定，她都會做到。而且再過幾天自己就要去醫院動手術，只要去醫院，就可以拜託護士幫忙打電話給J。如果是J，一定會幫忙的。J會幫他向律師諮詢，看有沒有法律能讓他重新設定法定代理人。

可惜，事情的發展並不如奧吉預期，J沒有再來探望，他一整天盯著窗外，仔細觀察大門附近是否有任何風吹草動。過去幾天裡，進出大門的人只有偶爾去超市買東西的丈母娘。

也不知道J到底有沒有聽懂奧吉的話，J說不定也想著什麼時候要再來看奧吉，或跟誰一起來。即使只是這樣想像著，也能讓奧吉感到安心，因為只要一想到J不來，日子就很難繼續熬下去。

終於到了預定住院的日子，但是來載奧吉去醫院的救護車卻沒有出現。由於大門外的街道被幾棵大樹擋住，光是聽到有車接近，奧吉的心情就會雀躍起來，可是當車子就這樣直接經過家門，沒有任何停留，雀躍的心情立刻墜落谷底。他一整天不停因為車聲心情起起伏伏，結果一輛車都沒有停在奧吉家門前，即便已過午夜，依舊沒有任何人上門。偶爾經過家門前的車子，車燈穿過緊緊相連的樹木，一閃而逝，卻沒有任何一個亮光是為了載送奧吉而來。

第二天大約下午時分，丈母娘戴著衛生塑膠手套走進房裡，正準備要清理奧吉的尿桶，他用嘴型說：醫、院。丈母娘往下俯視了奧吉好長一段時間，他再次用嘴型慢慢地、一個字、一個字說清楚：「醫、院」。

「因為怕你失望，所以我不敢跟你說。其實你的主治醫生發生意外了，交通意外。我的老天，竟然連醫生也會發生這種事，真不敢相信。但聽說醫生也會得癌症、老人痴呆症呢。也是啦，這是當然的啊，病痛上身可是不會考慮你是什麼職業。我也曾經想過，如果醫生得了老人痴呆，在不知道自己有失智狀況下還繼續幫病人看病，光是想像就覺得很恐怖。你也知道，主治醫生可不能隨意變更，而且，雖然是交通意外，看來也不是非常嚴重，應該不是像你一樣得躺在床上，不過需要接受治療，所以短時間之內沒辦法看診了，大概十二週的恢復期，短期內也沒辦法動手術，總不能用顫抖的雙手抖啊抖地幫病人開刀吧，可是會鬧出人命的，所以我跟他說沒關係，你的手術可以延後，反正也不是危及生命的事，什麼不馬上開刀就會有危險之類的。就算你現在沒開刀，還是會繼續活下去，十二週過後你也還會活著，不是嗎？就算不馬上動手術你也不會死，會活得好好的，真是幸運啊。」

奧吉不禁在內心質問，怎麼可能會有這麼巧的事？但其實也不用多問，這種事的確有可能，而且也真實發生過。只是偏偏再度發生在奧吉身上，實在令人太難以置信。

這是很久以前的事了。第二次試管嬰兒受精手術之前，他們主治醫生發生了車禍，所以妻子聽從醫院的建議，更換主治醫生，硬是照著預定的日子做了手術。結果不僅手術失敗，妻子更在過程中感覺非常不舒服。這個醫生講話方式輕浮，讓她感到嚴重受辱，在那之後，她就不願意再接受任何手術，也放棄生孩子的想法。妻子曾經告訴丈母娘這一切，說她有多麼傷心，不能懷孕真的不是自己的錯。

「對了，那個物理治療師，我叫他短時間內不要來了。他的話實在太多，明明是以小時計費，卻看他好幾次浪費時間在說話上，我忍耐他不只一、兩次了。簡直是在混時間，真是太不像話了。沒辦法，現在得重新找個值得信賴的人了。」

先前解雇看護時丈母娘也說了一樣的話，說會再重新找一個人，卻沒有任何人上門應徵，丈母娘也沒有再試圖找人。

奧吉已經失去了看護，如今連物理治療師也失去。然而他失去的不僅如此，或許他早已失去了所有，卻不自知。在很久以前不斷奉獻給人生的那一切——也許都失去了。

13

掛在窗前工作的男人看到奧吉後嚇了一大跳。可能他以為房裡什麼都沒有吧。奧吉愣愣地看這個男人在窗上安裝防盜窗，那是很常見的直條柵欄型防盜窗，欄杆間隔相當緊密。奧吉忍不住想，丈母娘是不是怕有個萬一他會從窗戶逃跑，才安裝防盜窗呢？雖然對此他感到極度不舒服，卻也後悔自己怎麼會連一次這樣的念頭都沒有。

等到那男人一離開，就換丈母娘出現在窗前。她將奧吉窗戶下方胡亂生長的藤蔓纏繞到窗棱。若是最近這種氣候，窗戶很快就會被藤蔓全然覆蓋。

奧吉連最後的這扇窗都被剝奪，剩下的只有這熟悉又充滿氣味的房間。他環顧四周，原本放電話的床頭櫃現在放的是兩個隱約淡藍色的瓷器，並列擺放。這東西直至昨日都還沒有放在那裡，應該是丈母娘昨夜悄悄進來放的。

雖然他很久以前曾經誤認，但現在一看馬上就知道那是什麼東西。不知道和丈母娘家原有的是否相同，不過外表看起來差不多。圓形的桶身沒有任何曲線，上面蓋了蓋子，泛著淡淡藍色的瓷器。

「親愛的，那可不是瓷器[3]啊。」耳邊似乎出現妻子過往開玩笑的聲音。奧吉試著重複那句話，但發出的聲音是如此空虛飄渺，隱隱摻著短短的嘆息聲。那時兩人彼此開著那樣的玩笑，除了奧吉這個「親愛的」，還有別的「親愛的」，對妻子也是一樣。「親愛的」這個稱呼雖然肉麻，但是這麼互稱，自己和妻子彷彿混為了一體。「親愛的，你到底為什麼要這樣？」這句話，是奧吉和妻子都很喜歡說的。這話有如撒嬌耍賴的指責，妻子或奧吉在出言責怪時也會用這句話。

越是接近出發旅行，兩人之間的甜言蜜語與溫和有禮就相對減少。車內氣氛冰冷沉默，妻子一定覺得全是奧吉的錯，所以最初表露出不滿意的神情，到後來，她直接發起脾氣，而奧吉忍著忍著，也在某一個瞬間再也忍不下去。於是妻子提出分手，但奧吉堅定地拒絕。他們分手對誰都沒有好處，他很清楚這一點，而妻子也是一樣。

她期盼的真是這個嗎？又或者她的目的只是為了讓奧吉生氣，把自己知道的事情統統說出來？妻子說要讓奧吉失去一切，而且她一定會這麼做。妻子確實是很可能做出這

3 자기（jagi）一詞於韓語中可以稱呼自己的先生、或是妻子，或是指稱自己，以及「瓷器」。

種事。

然而，她並沒有，是奧吉讓自己失去了一切。他指的不是交通意外，或是意外後造成自身無法恢復健康這種事，而是在更早以前——或許在他自以為對所謂人生有些許了解開始，一面追求自己人生的同時，也不斷失去了更多……也許是那時也說不定。有時他忍不住會有這樣的感覺：雖然對每件事他都腳踏實地去做，卻不斷覺得自己一直在失去些什麼，所以奧吉有時會更執著於努力。

他確實很想這麼做——關於他和J的一切一概不承認。就算妻子再怎麼質問，都不承認。但是妻子已經知道了一部分，她寫下幾個飯店的名字，臉上是趾高氣昂的神情，似乎覺得這次終於可以聽到奧吉的自白，確信自己絕對沒有搞錯，這段日子來的疑心絕非白費——就是那樣開心的神情。面對妻子這副模樣，即使想要繼續辯解，他也變得沒力了。無計可施之下，他只好說出和J很久以前就已結束，也保證不會再有這樣的事情發生。

——很久以前就結束，卻到現在才來解釋、收拾殘局。在在使奧吉覺得相當無力。

和Ｊ已是無法改變的過往，是他人生的一部分。但這個過去卻讓現在的人生吃足了苦頭。

妻子以前也數次提到Ｊ，奧吉起先沒仔細聽。只不過是幾次巧遇，一起吃個飯，或是一起去外縣市參加學術研討會，不是什麼值得特別解釋的事。不是因為這是祕密，而是因為不知曾幾何時，妻子開始在意起Ｊ。就算沒提，她也自然會知道，有時再提起別的事情時，無心之間就會把Ｊ的事也一併講出來……反正也不是什麼祕密，所以沒什麼好隱瞞。但在這種時候，妻子就會緊咬不放、一直逼問，懷疑奧吉是不是還隱瞞了其他的沒說。每次遇到妻子追問，奧吉都覺得自己有如在瞎編故事或是狡辯什麼，逐漸Ｊ便成了對妻子難以開口的話題。

妻子對Ｊ的疑慮表露得更明顯，是在那次庭院烤肉派對之後。烤肉派對那天，妻子堅持說看到客廳裡的Ｊ和奧吉。Ｊ喝醉後，他攙扶她到客廳休息。雖然奧吉不知道，但妻子跟其他人說要進去拿酒，悄悄跟在他們後面。他並不知道妻子站在身後，於是攙扶著喝醉的Ｊ躺臥在沙發上。Ｊ和奧吉認識很久了，彼此有著老朋友的情誼，又是同事，因而更熟悉。有時奧吉會把這份熟悉誤認成別的感受，而J也一樣。躺在沙發上的J馬上閉上眼睛睡著，奧吉幫J把夾克拉好，其實可以就這樣離開客廳。但是他站在J的身旁凝視她，空氣中似乎充斥著某種情愫，雖然他想說些什麼，但什麼也沒說。這是那天發生的全部，沒有別的。奧吉很快回到了大夥兒齊聚的庭院中。

而妻子堅持那天奧吉對J又抱又親，他不禁苦笑，根本沒有這回事。接著突然之間，妻子一意孤行地挖起庭院的土，還故意說一些對奧吉同事——特別是J——蔑視的言語，也毫無來由地指責他或發怒，情緒起伏很大又善變。得知這一切都是源於妻子的誤解，奧吉更覺無奈。

妻子看到的是她想像的畫面？或者預見未來？妻子那麼堅決，可是她目擊的事情並沒有發生，正確來說，那件事是在過了好久才發生的。

「你真的看錯了！」

奧吉再三否認，那天發生的一切、他做了什麼、J做了什麼，他都憑藉著自己的記憶一五一十說出口，根本不必說謊啊，因為他真的什麼都沒有做。儘管如此，聽起來仍像冠冕堂皇的謊言，明明沒做的事，但只要問起細節或發生順序，單憑記憶說明的奧吉每次多少會講得有些不一樣，這本來就是有可能的，但妻子無法接受自己的記憶會發生這類情況。

奧吉說那天什麼也沒發生，妻子打從心裡不相信。當奧吉厭倦這樣一而再、再而三地跟妻子解釋，她才點點頭說瞭解了。可是她並不是相信奧吉的話，而是表示自己會再多加觀察。

仔細回想，奧吉不停受到妻子的懷疑。她總覺得奧吉不負責任，認定他想要跟別人談談小戀愛，也經常指責奧吉變得跟以前不一樣，毫無來由地說自己對奧吉很失望。妻子批評他只知道一味追求名聲，棄家人於不顧，什麼也不幫。有時也會皺起眉頭，認為奧吉是個只知名利的庸俗之人。如果奧吉想牽妻子的手，妻子也會把手甩掉，他一靠近，她就遠遠躲開。妻子完全不曉得這些事情讓奧吉覺得自己多麼悲慘。到後來他真的張開雙臂、擁抱了J。在心中，他將一切過錯全怪到這樣的妻子身上。

如同妻子所想，奧吉真的開始與J交往了。但是兩人的關係並沒有維持很久，J果然也不要多久就對奧吉感到失望，都是他的錯。奧吉又是道歉、又是苦苦哀求地糾纏J，但一點用也沒有，他內心十分傷心痛苦，他還愛著J，是因為J，自己才能撐過許多事。但另一方面他也對自己的情緒感到驚訝。都到了這樣的年紀，竟會因為失去愛情而痛苦萬分。他對這種情緒很陌生，卻又陷入自己還很年輕的幻想之中。因為失去了愛情，內心受到傷害，這就是他仍然年輕的證據啊。

雖然感到疲憊又心力交瘁，但沒了J，自己的人生還是得繼續走下去。奧吉很快就接受了這個事實。雖然失去了愛情，這世界卻毫無動搖。即使與J在一起的曾經消失無蹤，產生了空洞，這世界仍舊沒有一點改變。不管用什麼都無法填滿奧吉內心的空洞。不過他的世界仍然沒有改變，好像跟這個空洞全無關係，如往常那樣運作著。

每個人的內心深處都會帶著這般空洞持續生活著，卻不自知，這是無可避免的。換句話說，我們並不知道自己的內在的真實性。奧吉常在課堂或演講上引用這句話，即使是講解巴比倫地圖，也是一樣。

人類史上最早的地圖就是巴比倫世界地圖，在地圖的中央有個圓洞穿過去。根據學者表示，這是以圓規畫圓時產生的洞，比起石板上刻劃出的世界幾何型現象，這個圓規孔洞更令奧吉感到醉心。為此，他在大英博物館裡昏暗的展示廳裡駐足許久。這個狹窄又漆黑的洞就如現今再找不到的那個時代的記憶，如此深邃。想要遇見一個消失的時代，就必須觸及這個洞，但這個洞終究深不可及，永遠無法觸及。

妻子為什麼會誤會J和奧吉？為什麼實際上沒有發生的事，卻堅決相信自己看到了？會不會是在那時，妻子的人生中也出現了巨大的空洞？是不是她發現了自己長久以來努力維持的人生，竟然只是一場空？為了填補這個空洞，因飽受這空虛感折磨，所以獨自一人在庭院裡不停工作，要不就是窩在書房裡寫東西，就算寫書一直失敗，無論寫什麼都成了一場空，仍要不停執筆去寫。這一切是不是只為填補內心的空洞？

距離目的地剩下三十公里左右時，妻子打破車中的沉默，率先開口，說自己寫的東西最近完成了。上回她開啟這話題已是好久以前了。

「真的嗎？恭喜！妳寫了什麼呢？」

專心開車的奧吉問道。高速公路上冒出許多體積龐大的貨車呼嘯而過。

「是比較特別的題材，關於某人的爆料文章。」

「是上次寫的那個爆料文章嗎？」

奧吉轉頭瞟了妻子一眼，問道。

「一個人究竟是如何變得那麼庸俗，只知追求世俗名利。也可以說是一種觀察紀錄。」

妻子突然自顧自地笑了起來。奧吉仍然集中注意力在開車，雖然心中不高興，卻沒有什麼正當理由能對妻子發脾氣。假使讓奧吉生氣是妻子的目的，那麼他的目的只是希望能到達旅遊地點罷了。

妻子小聲說著自己寫作的內容：有個男人在很久以前沉淪，墮落成庸俗勢利的人。為了追求成功，他利用機會與手段……描寫這個人的道德感到底是多麼低落。妻子還諷刺地說，不僅如此，男人長久以來與後輩維持著不正當的不倫關係，這只不過正好凸顯了他一部分「特別」的倫理觀點。妻子還說，她已經想好要在幾個地方大力宣傳新文章。像是學系大樓、學校本部、研討學會，以及同事之間。

奧吉拚了命想要維持鎮定，雖然這是件丟臉而不光采的事，但絕對不會如妻子所願，朝最糟的結局去發展。不知道是不是他表面絲毫沒有受到衝擊的跡象，妻子又進一步敘述：她說她直接去找J了。奧吉聽了嚇一大跳，在學校明明有碰面的機會，J卻一點都沒有透露給奧吉……又或者這只是妻子為了試探奧吉，看他會不會自己抖出什麼而說的謊言？

也可能J還在生奧吉的氣，或和妻子一樣希望奧吉陷入困境。奧吉已經表達出滿滿的歉意，J卻一點也不接受。導火線是起於他無法拒絕一個學生的告白求愛，可是那不過是一天而已，比起其餘數千數百個日子，那一天不過就是個微不足道的短暫時光。但是J知道這件事之後，一切就全然變調，成為奧吉無法忘卻、特別的一天。因受到J的逼問，他對自己做的事真心感到後悔，雖然解釋是因為學生苦苦糾纏才會這樣，但是J不願相信。

奧吉也暗自懷疑，如果J反過來幫忙妻子，搞不好兩人會在他背後共謀也說不定……但會不會是K在暗地中挑撥她們兩人呢？這也說不定。就像當初學校招聘時，奧吉利用K的弱點，運用了一些小手段。K不也可能這麼做嗎？奧吉手中有幾個K犯錯的把柄，並把自己知道的事用相當有說服力的方式告訴了M，又偷偷洩漏給多話的S。雖然是很卑劣的手段，但並不是毫無根據的中傷毀謗，即使奧吉處於有利的立場，仍舊如此。有時，他覺得只有自己成功還不夠，得要使身邊親近的人慘遭失敗，他才覺得更加安心。

這一切他都經歷過了，事情也過去了，他卻一直被無力改變的過往追究譴責。妻子冷嘲熱諷，說這才不是過去的事情呢。奧吉也不多加反駁，像在宣誓什麼似的說自己絕對不會離婚。然而他是為了要激怒妻子才這麼說，實際上她也真的被激怒了。奧吉嘲諷她，「如果離婚的話，妳什麼都沒有，不是嗎？妳有什麼能力養活自己？」妻子怒火攻心，顧不得他正在開車，出手用力搥打開車中的奧吉，發狂般用力跺腳，車子都跟著晃動起來。她甚至抓住他握緊方向盤的雙臂，使勁搖晃。

如果妻子不生氣抓狂，他們現在是不是會平安無事？如果妻子不要把自己寫的東西一股腦兒全講出來，如果兩人的關係就像出發時那樣還有修補空間……即使妻子忍無可忍提到J，如果他不管三七二十一就先道歉，不要譏笑妻子沒能力養活自己……

看著黑暗道路上的一片漆黑，腦海中閃過許許多多假設。但不管是哪一種，結果都不怎麼樂觀。就算這瞬間平安無事度過，不久之後類似的事肯定會一而再、再而三反覆上演。

奧吉感到更加無力。他覺得內在的空洞無可抑制，恍若持續擴張那樣越來越大，而他已全然墜入那空洞的深邃空間中。橫擋在眼前阻礙視線的車輛，看起來也像空洞。他的呼吸漸漸困難，胸口的壓迫感也越來越嚴重，頭昏眼花，精疲力竭，漸漸失去意識。雖然他對於人生有非常強烈的執著，但在這瞬間也變得無力。妻子猛抓住握著方向盤奧吉，用力晃動他的雙臂。驚嚇之餘，奧吉用力推開妻子的手。

車子追撞前方車輛後，又撞上車道旁的防護欄。當他發現自己和車子一起翻滾了起來，墜落坡道下，內心竟然覺得舒適自在，彷彿一切終於結束，心中那顆不安的大石總算落下。雖然他處心積慮打拼的人生就此結束，是有些不甘心，但是如果要繼續這種人生，沉重的疲倦感更勝不甘心。奧吉等待著自己的身體往上飄浮、輕盈遠離冰冷地面的那一刻。

與輕飄飄的風相異，奧吉的軀體用力地被往下拉，像是埋葬在深深的土中，身體如此沉重。最終，奧吉進入虛無的計畫失敗告終。

但妻子成功了。奧吉被狠狠壓入濃厚沉重的黑暗之際，妻子卻成了一縷輕煙，輕盈飄離地面遠去，還在空中居高臨下地俯視奧吉。

想像妻子注視自己的表情非常困難，因為他已無法得知妻子抓住自己的原因。究竟是為了讓車子撞上前方擋住視野的大車，或者要阻擋衝撞前方車輛的奧吉？妻子是為了要救疾駛向前的奧吉？或是要讓車子加速奔馳？事實再也無法釐清。不管怎樣，總之奧吉獨自存活，妻子卻死了。

14

綠色的樹葉填滿了整扇窗，當時丈母娘纏繞窗稜的兩、三條藤蔓，沒過多久就爬滿了整個窗戶了，將奧吉的視野以一片綠全然遮蓋住，只有當風吹拂葉子的時候，才能從葉與葉的縫隙中稍稍窺見庭院的一小角。

雖然看得不是很清楚，卻一直有聲音不斷從庭院傳來，也因為那聲音，他知道丈母娘並沒有放棄整頓庭院，猜想她應該還持續挖著池塘。在一片靜謐之中傳來「哐哐哐」的聲音或是其他金屬工具的敲撞，有時候也會傳來傾倒什麼東西的聲音。

這個洞究竟有多大、多深呢？

因為看不到庭院，要搞清楚丈母娘到底在哪裡變得很困難。她進屋不會發出任何聲響，往來各個房間，有時會突如其來打開奧吉的房門。這種時候，他就會假裝睡覺，閉上眼睛，讓她站得遠遠觀察自己，直到她將門關上離開。到那時候，奧吉才敢大聲喘氣。

丈母娘有時在深夜也會這樣，突然進入漆黑的房間，站在床邊，一聲不響，由上往下盯著閉起雙眼的奧吉，再走到兩個骨灰罈前面，用白色棉布擦拭，一面喃喃自語些什麼，一面輕輕雙手合十。

雖然丈母娘沒有直接說什麼，但奧吉猜想那應該是妻子和丈母娘母親的骨灰，如果不是她們兩人，還可能是誰？但漸漸地，奧吉覺得不是這麼一回事。雖然其中一個應該是妻子的骨灰沒錯，但另一個搞不好是空的，是為了奧吉所準備也說不定。

不管閉著眼或張著眼，丈母娘有時會突然問他說，「你覺得如何？」這種時候最好有些心理準備，因為這代表丈母娘準備要對奧吉做些什麼——而且通常不會是他心甘情願接受的，丈母娘也不管奧吉會有任何反應，就這麼按照自己的意思做。

昨晚也是如此。丈母娘連燈都沒開，直接走進房間，來到閉著雙眼假裝睡覺的奧吉身邊。丈母娘說，「覺得如何呢？不覺得你的頭髮太長了嗎？」語畢，就拿起剪刀逼近，隨便抓起一把頭髮，毫無猶豫地剪下去。在一片漆黑之中，只要聽到剪刀響起喀擦、喀擦聲，他無法動彈的軀體就一陣害怕瑟縮。聽到剪刀聲音在耳邊響起，奧吉就會害怕地緊緊閉上雙眼。

不知道是不是剪完頭髮有些髮渣，奧吉的臉非常癢。他勤勞又忙碌地移動左手去抓癢的地方，但越抓，發癢的部位卻越增加，最後不得不輪流抓兩條僵硬的腿。他利用之前看護留下的不求人抓著兩腿。這麼一抓，左大腿的感知似乎漸漸甦醒，他竟然感受到了抓癢棒的銳利。

奧吉試著用力，腿好像可以動，雖然幅度相當細微，肌肉漸漸鬆弛，可以感到收縮。這次他確確實實地感受到了。

他試著用左手捏了左腿一下。即使背部和臀部長褥瘡，奧吉也無法感受任何疼痛，直到丈母娘皺起眉為他清理創口，奧吉才發現自己的身體原來有這些傷口。如今他可以感受到疼痛了，雖然相當微弱，但真的有感受到銳利，即使沒有看護的照顧，也沒有物理治療師幫忙，就連醫師診斷與處方也沒有，像一棵行將就木、即將死去的枯木一般被閒置一旁的奧吉，身體竟也一點一滴甦醒過來。

當丈母娘走進房間擦拭骨灰罈，奧吉將這個事實藏起，沒讓丈母娘知道左腿已經可以在床上移動約十公分左右。擦拭完骨灰罈後，丈母娘雙眼呆滯無神地看著奧吉，各處都覺得發癢的他為要讓身體保持毫無動靜，忍耐得好辛苦。他不打算讓丈母娘發現身體在好轉的事實。

奧吉獨處時，會躺在床上勤奮地將腿左右移動。他還記得在醫院接受復健治療時的動作。因為腿部肌肉還無法自由運動，如果過於勉強，他擔心會像之前一樣發生血管爆裂，導致受傷，於是更小心翼翼。雖然腿可以左右移動，但要把腿向上抬起，就對目前來說還是不太可能，但這只是時間的問題。漸漸，右手手指也開始有了顯著的恢復，如果醫生看到一定會說「比起醫學，更重要的是意志力」，以此鼓勵奧吉。

雖然奧吉不想讓丈母娘發現，但她還是從奧吉的表情發現了什麼。

「做了好夢嗎？」

丈母娘用乾澀的嗓音問道。跟她分享自己的喜悅肯定沒有好事，因此奧吉將嘴巴閉得緊緊的。

「也是，會有什麼好事呢？至少要做做美夢才是啊。」

丈母娘嘲弄奧吉般回了嘴，之後離開了房間。這可不是夢啊，雖然丈母娘不知道，但是奧吉能感覺到自己在移動、感受到疼痛、發癢，擁有還活著的感覺，透過自己的身體感受這一切。

如果能在醫院接受確實的治療，肯定恢復速度可以更快。但他不知道有什麼方法可以去醫院。雖然想著如果告訴丈母娘這個事實，會不會比較好？但他馬上改變想法。丈母娘絕對不會幫忙奧吉。他腦海中浮現醫生說之後預期能恢復得越來越好時的丈母娘，想起對於他身體狀況好轉感到害怕的神情。

奧吉第二天開始拒絕進食。雖然丈母娘已經好一段時間沒有餐餐幫奧吉準備，但他就連偶爾給的流質食物也不吃了。對於閉緊嘴巴的奧吉，她不耐煩地發脾氣，他仍然無力地搖搖頭。如果可以練習，明明能用左手拿起湯匙；比起流質，明明就可以喝粥。但丈母娘絕對不會放棄流質食物，因為她壓根兒不希望奧吉好轉恢復。丈母娘不會再帶他去醫院，但如果他的身體糟到不能再糟，再也沒有任何辦法，那時她一定會送他到醫院，尋求協助。

丈母娘瞪著奧吉，他只是靜靜閉上眼睛，似乎已沒有力氣。剛開始是勉強這麼做，幾天過去身體真的受不了，生了病。丈母娘靜靜站在奧吉身旁瞪視的次數也越來越多。

他冒著冷汗，發出痛苦的呻吟，這根本不用假裝，他自然而然會發出不舒服的呻吟。

丈母娘曾經喃喃自語的「Tasuketekudasai」，有時奧吉在不知不覺中也會跟著說。他清清楚楚聽到了那個聲音，從自己口中分段出現，如此清楚而正確，聽到自己能發出這樣的聲音，已經想不起是多久以前了。丈母娘應該也是嚇了一大跳，臉上卻裝作沒這回事。奧吉再度皺起臉，以掩飾嘴裡發出的聲音。

丈母娘把奧吉丟在那邊不管，什麼都不幫他做。既然奧吉不肯吃，乾脆不給他食物，就連水都只給最基本的量。不過多久，奧吉的健康就亮起紅燈，來到相當危險的地步。他感到全身發燙，再加上房裡潮溼，胸口就像遭到壓迫一樣悶，連呼吸都覺得沉重。

丈母娘在不得已下找來物理治療師照顧奧吉，治療師一面和丈母娘交談，一面吵吵鬧鬧走進房間，而奧吉似夢非夢，在恍惚間看著一切。

「奧吉先生的狀況看起來很不好欸。」

物理治療師一看到奧吉，馬上如此說道。

「有到要去醫院的程度嗎？」

對於丈母娘的提問，物理治療師用非常詫異的口氣反問，

「難道不去嗎？當然要去啊，他發著高燒，褥瘡情況也非常嚴重，再這樣下去……」

物理治療師注意到奧吉在一旁聽著，話說一半就停了。

「今天先由我來照顧吧，但現在的狀況不是做復健的時候，這程度一定要去醫院啊，不然可是會出大事的。」

丈母娘憔悴著一張臉走出房門，奧吉艱辛地打起精神，跟物理治療師開口說話，不知道是不是因為聽不清楚，物理治療師更靠近奧吉。

「腿可以動了。」

物理治療師聽不懂奧吉在說什麼，明明在他耳中聽得很清楚。奧吉只好再次花上全身力氣說話，物理治療師看著他，笑著回答。

「喔，對，真的是好久沒見了，很開心對吧？所以我應該要一直來才是。我以為你會很認真跑醫院復健，那時你總是吵著說醫院、醫院，結果竟然連醫院也沒有去，狀況不是變得更不好了嗎？」

奧吉只好再度開口，這次把嘴型放大，一個字、一個字慢慢說。

「腿？你是說腿嗎？」

物理治療師終於聽懂了。他看著奧吉的腿，奧吉使勁移動了，向旁邊稍稍移了一點點，想讓物理治療師看看沒有他的那段日子自己努力的成果，雖然抬腿仍沒辦法做到，但已經可以往床邊伸了。

「是要我先幫你從腿開始按摩嗎？」

物理治療師沒辦法聽懂自己說的話，奧吉感到萬分沮喪失望。他跟治療師要了紙，花了點時間寫下腿能動了。物理治療師一臉驚訝地看著奧吉，盯著他的腿看了好長一段時間。為了讓他看到自己的進步，奧吉再度移動了腿。這次，物理治療師一定可以清楚看見。

「該怎麼跟你說才好呢？這個……奧吉先生，你聽了以後希望不要失望。像你這樣身體受重傷的病患常會發生這樣的情況。」

物理治療師一臉同情地看著奧吉，還默默用手摸了摸他萎縮、纖細的腿。

「覺得自己受傷的部位可以移動，就像你現在一樣，但實際上完全沒有任何移動。有的醫生會稱這種現象為癱瘓否定症，也就是對於自己的身體產生否定，因而產生了幻覺。但不用因此感到失望，雖然現在是幻覺，但這也是反應著你想恢復的意志，不管是必須走路，或者之後能動的意志，對於奧吉先生這樣的患者是很重要的，如果沒有這樣的意志，就等於放棄了恢復的想法。」

癱瘓否定症。對於這個奇特的名稱，奧吉大吃一驚。他認為他相當了解自己的身體，雖然是歷經長久以來才逐漸成形，但打從出生就一直與他同在，可以說是一輩子最親密的對象。但意志與心情就不是這麼一回事嗎？有時沒辦法照著自己的意思去控制，有時也顯得完全與奧吉無關。

奧吉對於身上微小的疼痛與搔癢、皮膚彈力與伸展都相當敏感，馬上可以清楚狀況。飢餓感、飽足感、口渴等等，總是很容易感受到。雖然有時並不是那麼確定，就像他有時也無法很清楚分辨疼痛的部位在哪兒，或是長了膿瘡卻過了好一陣子才發現，這種狀況所在多有。雖然當看護輕輕按壓奧吉，身體沒有聽他的掌控，竟對如此荒謬的對象感到興奮，但大致上仍會按照他的意志來移動。

「奧吉先生，請照著我說的做。現在請你移動一下左腿。」

奧吉照著物理治療師的話做，雖然很累，但他非常想獲得物理治療師的信任。

「這次換右腿試試看。」

看物理治療師的臉就知道情況不樂觀，對方完全沒有要鼓勵奧吉的意思。

這次物理治療師要奧吉試著說出他摸的是哪一邊的腿，奧吉回答「右腿」，但一看到物理治療師的表情就知道他答錯了。雖然第二次似乎答對，但物理治療師仍是一臉懷疑。

物理治療師停頓了好長一段時間，才開口說奧吉的腿情況變得相當特殊，並不是真的可以動，而是萎縮到太細，已到了相當危險的程度。患者身體不均的現象是很常見的，物理治療師說，但像奧吉這樣萎縮的速度特別快，下半身要恢復活動相當困難，而且不是很樂觀，最好別抱太大希望。他光是要說服奧吉就把時間都用完了。

物理治療師回家時，似乎跟丈母娘針對這個情況討論了很久，理所當然，他走出大門沒多久，丈母娘馬上走進奧吉的房間。

「站起來試試看啊，用你的雙腿和我一起走去庭院啊。」

丈母娘向奧吉伸出手，雖然周圍十分昏暗，但她那不懷好意的大大笑容，他可是看得一清二楚。

15

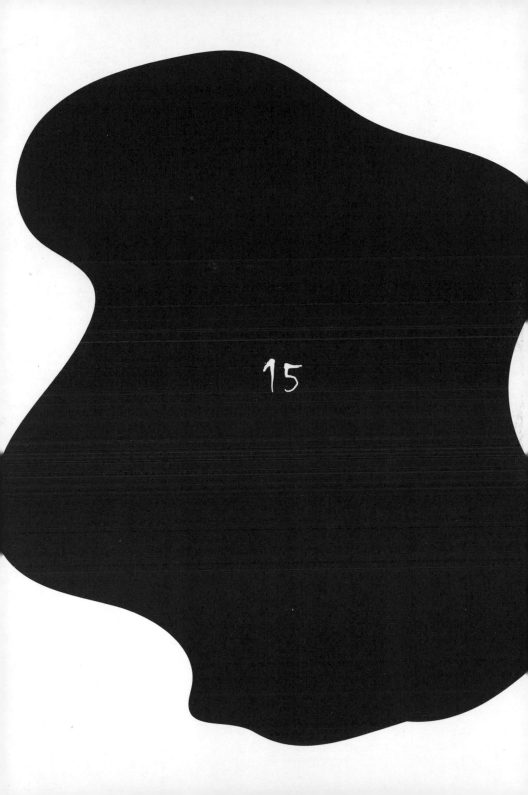

丈母娘已經好長一段時間沒有外出了。可是，奧吉知道，總有一天丈母娘會出門，為了那天到來時身體能輕鬆行動，奧吉經常努力鍛鍊著左手，與神經功能剛恢復的右手。

物理治療師說，奧吉對自己恢復行動一事產生錯覺，丈母娘也嘲笑他，但是奧吉右手的狀況漸漸好轉，想要動哪根指頭，就能動哪根指頭，也能用右手捏左手。身體正在一點一滴恢復，沒有人比奧吉更加清楚——且確信這一切是真的發生。如果可以離開家，不管誰來幫忙都好，一定要請他帶奧吉去找醫生。

奧吉豎起耳朵仔細聽著外面的聲音，他聽到丈母娘關上大門出去，過了一段時間，門都沒有再被打開。奧吉趕緊抓緊機會，用左手抓住床的末端，用盡全身力量將身體一點一點地往外拉去。可是身體一點動靜都沒有，就像一塊笨重的木頭，僵硬又沉重。奧吉再次將力量放到腿上，雙臂也拚命出力，兩隻手臂的青筋都凸出來。由於這段時間主要使用的是左手，很明顯感到右手臂和左手臂的差異。雖然右手臂能動，主要仍是依賴著左手臂。

這樣汗流浹背努力了好一陣子，總算把身體移到床的邊邊，左手抓著床的欄杆，右手抓著床頭，再次使盡全力後「咚」的一聲，雙腿終於可以落到地面。他的上半身隨著下半身滑落。奧吉抱著頭，即使身體摔到地上，下半身卻一點痛感都沒有，這雙腿只是沒用的東西啊。終於，他相信了物理治療師的話。

他以匍匐前進的姿勢，利用左手臂和右手臂一點一點慢慢往前爬。過了一陣子，第一個危機出現。奧吉卡在緊閉的房門前，不管怎麼將雙臂往上舉，都只是徒然無功。他只好再度爬回原本的位置，去拿床上掉下來的抓癢棒，又辛辛苦苦爬回門前，左手高舉棒子，好不容易勾住了一字型的門把，卻不慎滑掉。這真不是件容易的事。奧吉已經流汗流到全身溼透，雖然地板冰冰涼涼，卻感到一股熱到不能再熱的氣源源不絕湧上來。奧吉努力用抓癢棒勾住門把，一試再試，即使失敗也不放棄，直到天色漸暗，房間被一片昏暗籠罩，門把才好不容易被抓癢棒勾住，終於打開。

比起奧吉的房間，客廳更是黑漆漆一片，因為正面那一大片窗戶拉上了窗簾。等到眼睛適應了這片黑，奧吉才發現客廳完全變了個模樣，就像沒有人居住的房子，彷彿原本住在這裡的人很久以前就拋棄一切、一走了之。

妻子精心挑選，甚至苦等了一個月才送達的北歐丹麥設計款布面沙發已不見蹤跡，取而代之的是一張偌大的皮革沙發，怎麼看都是丈母娘家裡原有的那張。但最引人注意的是客廳中央那堆亂七八糟的生活用品。感覺不是為了要整理而堆放，是為了要丟掉所以雜亂無章地擺在那兒。奧吉書房裡大多物品也夾雜其中，在深夜照亮他書桌的那盞綠色復古造型桌燈，上下顛倒、胡亂塞在一個大大的箱子裡，就連製作地圖的廠商為了表達謝意，送來的感謝獎牌也被丟進裡頭。

奧吉繼續以匍匐前進的姿勢努力爬出去，好不容易到了玄關。雖然不知道距離丈母娘回家的時間還剩多久，也不知道力氣還能撐到什麼時候，但他不放棄，一定要繼續往前爬。打開玄關門應該會比起打開房門來得容易，因為玄關門是電子門鎖，只要按了下方的綠色按鈕就可以打開了。

奧吉試著反拿抓癢棒，但不管怎麼伸長手臂都碰不到按鈕。他索性把放在玄關旁一側的傘架弄倒，抽出一把長雨傘，用傘底尖處盡量接近電子門鎖下方。有時奧吉力氣用盡，手臂一軟，雨傘就掉落在他的頭或肩膀上。可是他沒有別的方法了，在無計可施之下，他只好反覆拿傘尾去戳玄關鐵門，直到冰冷的磁磚地板都變得溫熱，鐵門才好不容易打開。

奧吉深深吸了一口外面冰冷又新鮮的空氣，與總是充斥刺鼻氣味、空氣又不流通的屋內不同。即使只能呼吸到完全不同的空氣，都讓奧吉內心激動不已。

如今的庭院看起來像片寬闊的空地，除了大門旁低矮鐵柵欄前方緊緊相連的幾棵樹木，一切有生命的，會成長的、會冒出新芽綠葉的、會開花的，活生生的植物或是生物，都不見蹤跡，原本種在庭院各處的灌木全被連根拔起，就像劈柴堆一樣被堆在同個地方。一個個又小又圓的幽暗物體遍布庭院，那全是一個又一個的坑洞啊。看起來不是為了要種什麼而挖的，而是把活得好好的植物連根拔起產生的坑洞。

庭院正中央，距離奧吉躺的地方略偏左側，有著漆黑又寬大的一股幽暗凝聚在那裡。從他房間很難看到這一邊。原來，大家口中「巨大的坑洞」的真實面貌是這樣啊。

洞的周邊被鬆軟的小土堆環繞，丈母娘把土地挖了一個既深邃又寬闊的洞，接著在裡頭鋪了一層防水布，所以不管是雨水還是露珠，就這麼堆積在裡頭，如果水再積多一點，在那裡加些肥料就可以種植物，也可以再放鯉魚進去。也許等奧吉離開這裡，鯉魚會是在這房裡與丈母娘共存、唯一有生命的生物吧。那兒應該會照著丈母娘常掛在嘴邊那樣，放養些活的東西在裡面吧。

但是仔細想想，丈母娘所謂「想要看活的東西」，指的似乎不是「養」鯉魚，說不定是等著看活的鯉魚漸漸死去。因為總有一天池塘裡的鯉魚也會死，鯉魚死後，嘴巴開開浮上水面，就像現在奧吉一動也不動的軀體。

妻子向庭院造景設計師諮商，花了好久的時間千辛萬苦選的灰色鋪石步道，正毫不留情地刮著奧吉的身體，如今他身上散發著不同以往的土腥味，也許那是血的味道吧。被粗糙堅硬的地面刮得傷痕累累的左手臂流出血。即使如此，奧吉也要爬出去，兩臂以外其他的身體部位不會感到疼痛，不管在鋪石步道上怎麼拖拉、刮磨身軀，一點痛感都沒有。這時，他反倒對這副沉重又僵硬、不能動彈的身體懷著感謝，因為沒有痛感，才能繼續撐著。

爬啊爬的，奧吉停了下來，躺在鋪石步道上仰望鐵製大門。要打開門，光靠雨傘或抓癢棒根本不可能。如果想打開大門，不如爬到低矮鐵柵欄附近，看看能不能請路過鄰居幫忙比較好。所幸，附近的鄰居在這般涼爽且微風吹拂的夜晚很常出來散步，人不算少，只要奧吉拚命爬到鐵柵欄那兒，一定有人可以幫忙。

他拖著身軀，緩慢爬過庭院。每當有黃色車燈朝著房子的方向接近，奧吉就會停下來，等到車燈經過，再次用雙手奮力往前爬。好幾次車燈接近，就像監控燈一樣照亮奧吉的身體，又再一閃即逝。接著又來一輛車……這次也會是這樣吧。奧吉靜靜等待，但車燈竟然固定在同一個位置，不再移動。現在他唯一能做的就是靠著一片漆黑，將身體迅速貼平，趴在地面。

鐵製大門輕輕打開，丈母娘慢慢走進來。雖然他內心忍不住想：「完蛋了，都結束了。」但是還有機會。丈母娘並沒有看到奧吉，她踩過鋪石步道，朝著一片黑暗的家走去，雖然可能因為庭院很昏暗，但也可能因為她想也想不到奧吉竟然會在這裡。

他必須再往外爬一點。奧吉的雙臂再度使出全力，已被步道刮磨得傷痕累累的雙臂沾染到沙土時，產生無法忍受的劇烈刺痛，不知道是不是小碎石戳進破皮的手臂，又磨又鑽，這一切都讓他痛苦難耐，心想：如果能幸運逃離這棟房子，雙臂搞不好可能會作廢。但是無論如何，他使勁努力以手撐著地面，繼續爬行。

不要多久丈母娘就會走出庭院。當她看到奧吉房門立刻會知道，而這也沒有花太久時間。奧吉看著居高臨下站在玄關前的丈母娘，她的身影分成好幾條長長的影子，落在前方。他一動也不敢動，躺在那邊，這片黑暗壯大了丈母娘的影子，一路延伸到鋪石步道。

丈母娘的力氣還沒大到可以把他拖回家裡。沒有人可以幫助躺在庭院裡的奧吉，同樣，也沒有人可以幫忙丈母娘把奧吉拖回去。他只有兩個選擇：乾脆束手就擒，重新回到房子裡？還是繼續爬到鐵柵欄，等到有人來幫忙？這倒是不需要猶豫——奧吉不理會漸漸走近的丈母娘，選擇往外努力爬。

這時，他萬萬沒想到的是，雖然丈母娘力氣不足把他拖回房子，卻有足夠的力氣妨礙他前進。

丈母娘站在奧吉前進的路上阻擋他，一雙粗壯結實的雙腿就直挺挺立在他的雙臂觸碰不到的地方。他想伸手抓住丈母娘的腿，卻只是徒勞無功揮舞一陣。若想避開柱子般站在那裡的雙腿，就得轉往別的方向。他這麼嘗試了好幾次，後來才發現自己最終轉往的是丈母娘要他前進的方向。

奧吉停下的地方並不是平坦的地面，而是一個略為低矮的土堆。土堆後方集聚了那巨大的幽暗，那股幽暗傳來冰冷寒氣，讓他忍不住打了個冷顫。圍繞這個大坑的土觸感不同於他以往踩踏過的，不是地面表層的土壤，而是裡層的，觸感相當柔軟，顆粒也很細緻，跟很久以前幫忙挖土時摸到的土壤一樣。

奧吉轉身想避開那個大坑，卻無法躲避丈母娘那雙頑強又逐漸接近的腿。每當他要避開，身子就會更往柔軟土堆的方向逼近。

丈母娘散發著威脅性逐漸靠近奧吉。因為覺得她彷彿要踩上自己的背，他奮力地扭動身體、改變方向，十朝著坑洞落下的同時，奧吉的身體也跟著一歪，滑了下去。他努力想用雙手支撐，硬撐在倒塌的土堆，最終卻完全失去了平衡。無可奈何之下隨著土一起滾落。

好痛！奧吉感覺到痛了！這個痛楚和以為身體可以活動的錯覺截然不同。這究竟這是自己重新活過來的信號，還是劇烈疼痛到快要死去的徵兆？奧吉實在無法區分。跌落至坑洞他竟出乎意料地開心，這是久違的疼痛，兩手不用多說，就連腰和乾枯萎縮的雙腿都清楚感受到痛楚，和發生意外當時與妻子連人帶車滾落山坡時感受到的疼痛如此類似。

也因為如此，他心想，或許不久之後就可以見到妻子了吧，只要這劇烈的痛感結束，自己的身體就可以飄上去了吧。飄上去，俯視著掉入巨大坑洞、癱軟倒在地上的悲慘的自己。妻子用這樣的方式看著他甚至根本不到一年前。對於這個事實，奧吉感到相當驚訝。不到一年的時間，竟然覺得如此漫長。

但現在俯視奧吉的不是妻子，是丈母娘。她雙臂交叉，直挺挺地站著，低頭看著癱倒在坑洞的奧吉。兩人距離一定相當遙遠，因為丈母娘看起來就像妻子一樣，這就證明了一切。

疼痛持續，全身上下只要碰到的地方就會劇痛，但在某一瞬間過後，他突然發現自己幾乎感受不到地面上傳來的沙石觸感，身體變得僵硬，也漸漸不再沉重喘息。劇烈疼痛逐漸消失，再過一陣子，他不再感覺到痛，一下子變得相當舒適。

奧吉躺在地上，仰望漆黑的天空。以前好像也有過類似的一天，不是像這樣躺在坑洞裡，而是一種舒服感，就像曾坐在庭院的桌子旁邊和妻子天南地北的某天；像是兩人一起簡單地吃過晚餐，在社區內散步的某天；是雖然被突然從車底跳出的貓咪嚇了一大跳，卻特別記住了地點，重新回到那邊放了飼料，坐在遠遠的地方觀察，等到貓咪跑出來吃飼料的某天；是看著貓咪出現，把飼料吃光光，再度躲回車底，接著回到家中，兩人聊著沒啥意義的內容的某天；是直到睡前都一起看書，分享自己閱讀的某天；是躺在舒適的床上聽對方講瑣事，不知不覺進入夢鄉的某天。就像悠閒平凡，微不足道的小事反覆發生在日常中的某天——是無論是誰的人生都會有的完美的某天，是和現在全然不同的日子之中的某天。

那時妻子讀著小說，表情突然變得呆滯。奧吉向來可以輕易察覺妻子的情緒，那天也不例外。

「累了嗎?想睡了嗎?」

「不是。」

「喔?那為什麼……」

「因為感傷……」

「嗯?」

妻子慢慢說出剛剛在書中看到的內容，是關於某個男人在千鈞一髮之際面臨死亡危機的故事。有一天，男人經過正在施工的建築物，突然有建材從高處掉落在自己面前，那一瞬間，他逃過了死亡的威脅，倖存下來，因此開始重新回顧自己的人生。

「這故事為什麼感傷?應該是運氣很好吧。」

「那個人突然不見了，銀行裡的存款一毛也沒動，也沒遞辭呈給公司，原本約好要見面也沒取消，就這樣徹底消失。不管是對家人、朋友、同事，一點線索或訊息都沒留下來，完美地消失了。就這麼突然。不管誰都找不到。妻子為了找回丈夫，四處奔走，後來請一位偵探幫忙，猜想丈夫會不會是在哪裡受了傷?如果不是這樣，她實在無法理解丈夫突然消失的原因。不久之後，偵探找到這個男人了。他一點事也沒有，好好地活著，在另一個都市，換了一個新的名字，找了一個新工作，和另一個新組的家庭一起生活。」

「會不會是不喜歡他太太呢？」

「比起這個理由，可能他知道了某些事情吧。」

「知道了什麼？」

妻子沒有回答，轉而像是要把奧吉看穿似地盯著他，他趕緊追問。

「知道在別的地方也能生活得很好嗎？」

妻子這次也只是一個勁兒盯著奧吉看，什麼都沒說。他變得有點急躁，又問了其他問題。

「然後呢？」

「這就是故事的結局。」

「沒有回到原本的家中？」

「書上說他們走法律程序離婚了。」

「真是過分，離婚後就幸福了嗎？」

妻子突然哭了起來。一開始只是含著淚水，默默掉淚，沒過多久就變成放聲哭泣。為什麼哭呢？這淚水是因為受到幸運之神眷顧而倖存的男人——突然拋下一切、遠走他鄉的男人——就算在他處生活也過著大同小異生活的男人——才哭泣嗎？

看著哭泣的妻子，奧吉笑了出來。這到底有什麼好難過？竟然是因為這樣的故事哭了，妻子是如此情感豐富的人嗎？雖然奧吉無法理解妻子為什麼哭泣，卻覺得實在是太可愛了，很想讓人好好安慰她。奧吉安撫妻子，說，我們會平安無事，不管發生什麼，我絕對不會丟下妳一個人，一走了之。他那時不應該做出沒用的約定。奧吉一直到後來才覺得，如果當時能不要那麼草率，慢慢地、細細地理解妻子的悲傷，該有多好。奧吉靜靜地擁抱著彷彿預先經歷未來悲傷的妻子，默默看著她，直到妻子收拾淚水，重新恢復平靜。

躺在深邃又漆黑的洞裡，奧吉仍不懂妻子的悲傷，卻明白自己完全沒有帶給妻子任何安慰。妻子擦乾淚水、整理情緒，只是因為時間差不多了，並不是真的不再感到悲傷。奧吉終於哭出來了，但不是因為妻子的悲傷而哭。他只是因為時間差不多了，如此而已。

參考資料

班哈德・阿布列希特，《守護者的凝視》，裴明子譯，Hans Media出版社，2014。
許延，「悲傷的冰河時期2」，《不良少年的駐足》，Minumsa出版社，2008。
達許・漢密特，《馬爾他之鷹》，高正亞譯，Open Books出版社，2007。
傑瑞・波頓，《十二幅地圖看世界史》，李昌信譯，RHK出版社，2014。
埃米爾・左拉，《真理》，朴明淑譯，銀杏樹出版社，2014。

木馬文學 140

洞
홀

作者　片惠英（Hye-young Pyun）
譯者　梁如幸
社長　陳蕙慧
副總編輯　戴偉傑
副主編　林立文
電腦排版　極翔企業有限公司

讀書共和國集團社長　郭重興
發行人兼出版總監　曾大福
出版　木馬文化事業股份有限公司
發行　遠足文化事業股份有限公司
地址 231新北市新店區民權路108之4號8樓
電話 02-2218-1417　傳真 02-8667-1891
email: service@bookrep.com.tw
郵撥帳號 19588272 木馬文化事業股份有限公司
客服專線 0800221029
法律顧問　華洋國際專利商標事務所 蘇文生 律師
印刷　成陽印刷股份有限公司
初版　2019年12月
定價　新台幣360元

ISBN 978-986-359-741-4

國家圖書館出版品預行編目(CIP)資料

洞／片惠英著；梁如幸譯. -- 初版. -- 新北市：木馬文化出版：遠足文化發行, 2019.12
面；　公分. --（木馬文學；140）
譯自：홀
ISBN 978-986-359-741-4（平裝）

862.57　　108017976